L'ARRACHÉE BELLE

DE LA MÊME AUTRICE

L'ARRACHÉE BELLE, La Contre Allée, coll. "La Sentinelle", 2020 ; Babel n° 1830.

ISBN 978-2-330-16834-6

LOU DARSAN

L'ARRACHÉE BELLE

roman

BABEL

À celles qui ouvrent des chemins

Son corps, la seule chose qui soit debout
– silhouette noircie, petite tornade dansant
follement sur une ligne fauve et infinie.
Elle laisse des empreintes en quinconce,
comme celles d'un crotale, dans la poussière.

Eleni Sikelianos,
Animale Machine

1.

Dans la baignoire fermée, l'eau coule, pas plus haut que ses jambes étendues. Elle ne sait pas ce qu'elle écrirait si elle voulait évoquer l'eau, les mollets, la peau nue, le triangle noir. Les jambes tendues ou parfois repliées, la pointe des pieds. À la sortie du bain, il y a partout des images. Un vase transparent empli de sable, on ne sait pas pourquoi, et d'autres images, d'autres images –

Au réveil, elle oublie tout.

Il y a une collection de cartes postales dans sa tête et certaines sont d'un goût douteux. Chaque instant est enregistré comme une image achetée à la sortie d'un musée, puis classée dans une boîte en fer-blanc. Elle ne les ressort pas pour les étaler sur la table, trop de poussière, et les mots d'amis perdus de vue inscrits au dos, il faudrait avoir l'envie de les déchiffrer, mais ça ne viendra pas. Des couchers de soleil sur les plages, des éclats de voix lointains, des places vides sous les réverbères et les silhouettes accroupies qui pissent au pied des statues. Un bric-à-brac. Les images oubliées surgissent parfois, inopinées, importunes, dans le désordre. Des bulles qui crèvent la surface de l'étang (boueux, l'étang).

Des polaroïds sortis du chapeau au mauvais moment. Répliques de films, paysages de livres, anciens rêves, réparties cinglantes réfléchies après coup, tournées et retournées et fantasmées, souvenirs d'enfance ou de la semaine dernière. Sacré foutoir. Elle ne distingue pas là-dedans le réel de la fiction. Ne sait plus où ni si elle a : vu, entendu, dit.

Du tableau de toits, de cheminées et de balcons auquel elle tourne le dos s'échappent jazz, publicités radiophoniques, cris d'enfants, explosions de dessins animés, tintements de vaisselle, odeurs d'encens et de poisson frit. On ne peut pas plus en comprendre les espaces, les blocs, les angles et les hauteurs que donner une forme au puzzle de cours que quadrillent les verticales de fenêtres et les horizontales blanches de volets en bois, peinture écaillée, tous fermés. Les chats s'y déplacent en trois dimensions, ils sont les seuls à connaître les itinéraires, les réseaux, les terrasses, les balcons, les fenêtres de cuisine et les restes à chaparder. La baie vitrée grande ouverte, elle lit, affaissée sur un matelas (draps frais, corps froissé).

Un plateau à carreaux rouges et blancs repose sur la couette aux fines rayures bleues : décor de rectangles et de carrés, rouges sur blancs, et ce bleu fin en surimpression, la touche finale. Les jambes étendues, toujours la vision de ses jambes, sur l'émail de la baignoire ou sur le blanc frais du lit. Étendues sur la couette, elles sont couvertes par l'ordinateur, qui pèse et glisse. Les mains sont lourdes et molles et lentes, ne courent qu'au ralenti, en suspension, alors que la tête penche et tombe, endolorie par le poids du cerveau qui comme l'ordinateur pèse et glisse, pas sur les jambes, mais à l'intérieur du crâne, qui pèse et glisse donc sur l'os qui doit être une paroi lisse, sur laquelle il fait bon s'appuyer lorsque la fatigue saisit. Le cerveau mou et chaud et fainéant appuyé sur la paroi lisse et fraîche du crâne n'est pas soulagé par ce contact qui fait crisser les dents. Il faudrait que la tête tombe sur les jambes, en chasse l'ordinateur pour se réfugier là, au creux du triangle noir, aveuglée par des paupières tombantes, calée contre la courbe du ventre, qu'elle roule ensuite jusqu'aux chevilles et paf, sur la couette, à droite des pieds, là où le livre est posé à l'envers – un livre qui bâille. La tête lourde serait bien près du livre, dans le moelleux du lit : elle y passerait la fin d'après-midi dans une torpeur agréable, sans plus penser à rien. J'ai les cheveux qui s'échappent, mes boucles quittent le chignon, ma frange est en bataille, mon cardigan est informe, j'ai une robe à rayures rouges et les fesses rondes. Tout va bien. Elle somnole et divague, la bouche sèche, les yeux fatigués.

Pour s'évader de l'hébétude des après-midi dans un appartement chauffé, elle rejoint le centre-ville à pied et déambule dans les rues piétonnes dont les vitrines peinent à retenir son attention. Les passants la bousculent. Les murs pèlent de grandes plaques d'enduit qui donnent à voir le ciment nu et fissuré, les peintures vives s'écaillent sur les linteaux. Les gens qui travaillent ont déserté les appartements et éteint les lumières qui auraient pu apporter une petite gaieté aux fenêtres. De toute façon il fait jour et froid, la ville souffre d'une forme de sclérose qui atteint ses habitants, une organisation des flux qui masque un amas de déchets, une saturation – mais c'est qu'elle se confond avec la ville. Rien à faire ici, rien à regarder ni acheter, peut-être quelque chose d'utile, même pas. Elle ne sait plus pourquoi elle est sortie, l'intérieur l'étouffait et le livre lui tombait des mains, à quoi bon errer ainsi dans la ville. Le croissant aux amandes l'écœure dès les premières bouchées, il se flétrira dans une serviette en papier au fond du sac à main, avec les mouchoirs, les épingles à chignon et les pelures d'oranges. À l'entrée des tabacs, la mer s'étale sur les tourniquets de cartes postales, le recueil de poèmes acheté chez un bouquiniste a rejoint le croissant aux amandes. Ses flâneries se poursuivent jusqu'au soir et à l'heure limite où les grilles en fer ont fini de s'abaisser, où les lumières des fenêtres remplacent, ça y est, celles des vitrines.

Après que le bus la dépose à une courte distance de l'appartement où elle loge, elle shoote dans les feuilles mortes, tarde à rentrer. Elle divague sur les terrains en friche. Un triangle entre deux zones, d'anciennes routes de campagne bordées de petits immeubles de trois ou quatre étages. Elle déteste leurs fenêtres verticales, malgré l'affection portée au mot guillotine. Son reflet dans les vitres des voitures, déformé et épais, la dévisage. Elle évite les trottoirs. Si des phares apparaissent au loin, elle se cachera entre les voitures stationnées le long de la chaussée. Accroupie dans le caniveau, à hauteur de pare-chocs, dans une odeur d'huile froide, de graisse, de caoutchouc, d'urine. Sur la pointe des pieds, pour ne pas écraser les canettes froissées. Elle collera son visage sur la carrosserie, fermera les yeux pour ne pas être vue quand la voiture passera, le métal gèlera sa joue, l'air tremblera un peu, le bruit s'éloignera. La chouette, quelque part en haut, hululera deux fois. La première, stridente et double ; la seconde, modulée. Elle ne se relèvera que quand elle sera certaine d'être seule sur la route.

La nuit, elle doit se dissimuler, devenir ombre. Peur d'enfance, jeux de nuit. Le long des routes sombres, il faut qu'elle marche dans les fossés – sa tête dépasse quand les graviers crissent, ça éclabousse et ça fait les pieds mouillés. La nuit, elle accueille sa crainte des freins, d'un arrêt, des portières qui claquent, des voix qui interpellent, des bras qui se tendent, des mains qui se referment sur les anoraks. De temps en temps, des hommes dont elle n'a jamais le temps de distinguer les traits jettent par la fenêtre de leur bolide des poignées de bonbons – c'est plus drôle et moins effrayant que le bruit des moteurs dans la nuit, parce qu'elle sait qu'il ne faut pas ramasser les bonbons inconnus. Ce sont chaque fois des bonbons durs acidulés, au plastique bruyant, qui font déraper les autres véhicules : l'accident la rend invisible, mais occupe sa place dans les fossés humides.

Malgré les détours et les pauses, elle a rejoint l'appartement. Dans l'immeuble, elle avance les bras tendus vers les interrupteurs. Les règles qu'elle a édictées retardent à dessein le retour au logis. Elle récite. Je ne dois jamais traverser une pièce noire. Mais : pousser la porte d'entrée vitrée, tourner à droite, six pas rapides, lumière verte, premier interrupteur. Le hall apparaît. Ascenseur, lumière automatique. Palier atteint, cinq pas vers l'avant pour allumer. L'interrupteur du couloir est plus proche (quatre pas à gauche), mais elle suit un ordre précis et commence par celui du palier. L'appartement est au milieu du couloir. Elle s'assied sur le carrelage rose fané, dos à la porte. Décompte. Vingt et un, la lumière s'éteint. Douze, la porte s'ouvre et elle bascule en arrière. Son crâne heurte le sol. L'homme lui tend la main, la relève. Il a entendu les portes de l'ascenseur. La folle, l'irresponsable, la tardive, l'erratique, elle désole, elle effraie, elle dévie. (Il reproche.) Elle impute cette heure de retour tardive aux bonbons fruités. Il est sourd-aveugle-muet quand elle se fout de lui : Viens te coucher, dit-il. Puis il s'endort. Elle est désolée d'être rentrée avant qu'il dorme. La prochaine fois, elle loupera le bus, contournera les plaques d'égout, s'arrêtera aux feux rouges, ne marchera que sur les lignes blanches, mais elle n'évitera pas les crocodiles entre les bandes des passages piétons. S'ils l'amputent d'un pied, elle atteindra le lit moins vite.

Comme l'homme quitte l'appartement à intervalles réguliers, la journée entière, parfois la nuit, elle dispose de sa solitude. Quand elle sait qu'il ne l'attend pas, elle rentre plus tôt et le soir elle s'installe sur le balcon pour griller une cigarette et elle fige en longues traînées jaunes les phares des voitures. Elle fume peu, oublie au fond des tiroirs où elle les dissimule des paquets entamés, les briquets s'égarent dans les doublures des manteaux. Quand elle se penche pour allumer la cigarette sur les flammes du gaz de ville, la pointe d'une mèche frise et se dissout en poudre noire qui tache les doigts. Au loin, les enseignes au néon grésillent, l'odeur nocturne de la ville flotte dans celle des cheveux brûlés, lourde de résidus de gaz d'échappement, de relents de pizzas dans les poubelles, de feuilles mortes qui pourrissent.

Sous son ventre plié la rambarde
coupe le souffle
– ses angles laissent des marques
rayures rosâtres, traces sur la peau blanche
Les cheveux pendent entre les barreaux
garde-fou Elle regarde ses genoux
la peinture antirouille grumeleuse noire luisante
En bas, le vertige
Le collier frappe ses dents
la pierre dure, les lèvres molles
Mains agrippées jointures douloureuses
pieds crispés
Elle se redresse, diaphragme.
Le vide, repoussé ; les yeux froids.

Des images qui resurgissent sans cesse tournent autour d'elle qui s'est allongée sur le lit. Elle ne voudra pas les décrire. Les draps froissés et sales encore, le silence. Sa détresse qui pèse, des flashs de mémoire pareils à des films froids et pixélisés où elle se regarde comme une étrangère, les injonctions en travers de la gorge. Elle dira qu'elle se voit de l'extérieur (elle, l'autre aussi, disons : lui). On dirait des polaroïds loupés, du porno flou à l'éclairage cru, aux meubles mal assortis sans l'excuse d'être de seconde main. De mauvais goût. Sa peau ne se souvient de rien. Le son, sans odeurs. Les mots, les postures, la vulgarité, la distance. Le lit n'est déjà plus vraiment le sien. Elle imagine rassembler ses affaires, allume une autre cigarette qui lui arrache la gorge et embue ses yeux. La musique ni assez fort ni assez triste lui tord le ventre et les mains, ses ongles s'enfoncent dans l'oreiller qu'elle presse sur son visage. Étouffe le cri silencieux. Nie ton corps, nie tes mensonges, le manque et le trop-plein de ton désir contradictoire, le mépris de toi. Écrase. Tu restes plantée là comme ça, tu as l'air de quoi.

Presque toutes les nuits, elle accouche de chatons qu'elle oublie dans un casier. Quand on lui demande ce que deviennent ses enfants, elle se rappelle le numéro du casier et la gare où il se trouve. Si elle y retourne, qu'elle ouvre la porte en métal, un chat s'étire. Son flanc porte une plaie béante par l'ouverture de laquelle on lui a retiré un rein, le foie ou le pancréas. Heureusement, l'enfant-chat ne souffre pas. Il ne meurt ni de faim, ni de froid, ni des séquelles dues à de fréquents prélèvements d'organes vitaux. Elle peut refermer le casier et l'oublier de nouveau, malgré sa culpabilité.

Les nuits où elle n'accouche pas, des araignées vont et viennent dans sa bouche. Celles qui y entrent sont petites et nombreuses. Elles envahissent sa chambre et son corps, la recouvrent et l'emplissent. Celles qui en sortent sont plus grandes et elle a du mal à les extraire : il lui faut attraper leur fil de soie entre ses dents et les tirer doucement en dehors, patte après patte. Elles sont solitaires et s'enfuient rapidement. Parfois elle rêve et ses nuits sont alors plus paisibles.

Elle devrait savoir partir, s'arracher. C'est plus facile de rester : peur, lapin figé. Le cœur qui bat et la gorge serrée, la migraine et pas d'appétit, une fièvre, cette veille du départ dure des jours et des semaines, le départ est désir et pas encore décision.

Les heures ne passent pas. Elle ne supporte plus d'être enfermée dans une pièce, un appartement, un immeuble, alors elle sort et trébuche sur les galets. Les gris du ciel, de la mer et du sable déteignent sur l'herbe des collines où les nuages s'accrochent et s'effilochent. Des nuées d'insectes minuscules tourbillonnent au-dessus des herbes hautes et humides. Elle se coupe en arrachant une fougère dans un geste de dépit, la blessure pique comme celles de l'enfance et des feuilles de papier – l'odeur fraîche de la fougère associée à celle d'amande amère de la colle par cette coupure au bout de son doigt. Les vagues clapotent sur le sable grossier, les coquillages roulent dans un bruit d'écume, le vent rosit ses joues. Il tombe une pluie légère, ni brume ni crachin. Elle se déshabille et abandonne ses vêtements sur un rocher, l'eau glacée saisit ses chevilles – elle plonge. Une douleur aiguë dans le gros orteil de son pied gauche gêne sa nage, crampe idiote de toutes ses baignades précipitées. La mer la secoue et l'éprouve. Elle est caillou, bernique, algue, bois flotté, à la dérive, projetée. Une brasse vers la rive. Elle s'allonge à plat ventre sur le sable à la lisière de l'eau, étoile de mer, X aux cheveux emmêlés et sablonneux. Les vaguelettes qui prennent d'assaut ses jambes écartées viennent mourir dans le creux de ses genoux, ses mains aux doigts tendus creusent dans le sable humide qu'elles saisissent par poignées, l'eau salée de ses sourcils coule dans sa bouche entrouverte, on dirait une sirène sans queue échouée par erreur. De près le sable gris paraît vivant, fragments concassés de coquillages, roches brisées émiettées roulées, carapaces de crabes et de puces de mer. Elle se relève et une croûte de sable la recouvre, de face sa peau ressemble à celle d'un éléphant.

La silhouette épaisse de l'homme en faction sur le rivage la fixe, les cheveux dégouttant d'eau de pluie, un ciré trop large sur le dos. Depuis quand est-il une présence inévitable ? Toujours là, à sa périphérie, à l'attendre hors-champ. Elle évite son regard. Il y a des passants, il lui dira. Tu es nue, tu es pleine de sable, tu fais n'importe quoi. Elle passe devant lui sans l'entendre, ses vêtements à la main, la chair de poule l'habille, le sable se décolle d'elle par plaques, des mèches de cheveux se collent sur ses épaules. Sur un banc quelques pas plus loin, elle se frotte avec un tee-shirt, le jean étroit ne glisse pas, ça rappellerait la piscine du mercredi après-midi si le sable n'était pas du papier de verre. Les sneakers, un pull à même la peau, le tee-shirt mouillé dans la poche, les gestes automatiques. Elle sent qu'il s'impatiente, alors elle replie les jambes sur le banc et fixe l'horizon, scrute les détails des oiseaux et des voiles. S'il pouvait partir sans elle, l'oublier là ou disparaître, un souhait serait exaucé. Elle grelotte.

Dans la voiture trop chaude, elle étouffe. Il conduit sans la regarder et elle n'est qu'une petite chose trempée qui dégouline sur les sièges. L'air pulsé lui donne la nausée, elle ferme les yeux pour ne pas être malade, elle voulait rentrer à pied, il ne lâche jamais le volant, elle n'aurait pas dû monter dans la voiture. L'eau froide serpente sur sa nuque et la sensation qui découle des gouttes qui se forment à la pointe des cheveux, tombent dans son cou et roulent entre le pull et la peau, est si prégnante que rien d'autre ne saurait être tenu pour réel. Elle ne peut être présente qu'à cela – l'eau sur la nuque, la précision de clepsydre du goutte-à-goutte, l'exactitude, la certitude, du froid et du mouillé. Ce qui reste, l'insupportable présent du trajet, vacille et se déroule loin d'elle. Les mots, les gestes, disparaissent dans la brume au fur et à mesure qu'ils sont esquissés. Elle ne distingue pas ses paroles de celles de l'homme, ne saurait différencier pensées et vécu. (Ne sait plus si elle a vu, entendu, dit.) Décroche et tombe dans le gouffre qui avale tout.

Le temps saute, encore.

Plus tard, elle se laisse faire, descend quand il coupe le moteur, rentre dans l'appartement, dans la douche, dans le lit. Abrutie. Il agit comme s'il ne s'était rien passé et rien ne se passe jamais. Le mutisme. Le poids du corps lourd et immobile qui creuse le matelas à côté d'elle. La masse inerte qui pèse au bord de ses insomnies. Ses nuits sont fiévreuses et inquiètes. Elle tourne, elle tourne, elle tourne. Lapin domestiqué qui se rêve vanneau migrateur.

Quand l'homme s'absente, elle remplit la baignoire et y passe des heures. Mais n'immerge jamais son corps entier – elle déborde. La surface de l'eau forme de petites frontières qui la découpent. Des cercles tranchent ses mollets et ses cuisses, son visage, ses seins. En infrarouge, ses climats seraient orange et bleu. Elle déplace les cercles pour alterner les zones froides, glisse les pieds hors de l'eau pour réchauffer son torse. Le visage coulé, les yeux clos. Quand elle plonge, ses cheveux sont des tentacules. Un jour, elle retient sa respiration et ils poussent, s'emmêlent, remplissent la baignoire, la recouvrent, la cachent, l'enveloppent et dansent. Leur croissance est exponentielle. Ils s'immiscent dans la bonde, dépassent le siphon, parcourent les tuyaux, se divisent aux intersections des canalisations. Noire, noire et soyeuse invasion. Elle ne les sent pas, mais peut voir leur parcours, un rêve de PVC gris qui se ramifie. Soudain, les tuyaux se remplissent d'une boue gluante et mousseuse. Peaux mortes, graisses, poils, colle, amalgame. Suffocation. Les cheveux ralentissent leur course, elle ne peut pas les rappeler, mais elle les précède. La boue rétrécit les boyaux. Les filaments s'agglutinent. Un souffle d'air pulsé après un coude. Vision d'hélice, route barrée. S'ils l'atteignent, les cheveux se coinceront. Le scalp, les lambeaux de peau, le sang plein la baignoire. (Panique.) Elle se relève et hurle. Tout se rétracte quand elle ouvre les yeux. Elle inspecte sa peau. Tout est lisse, imberbe, en ordre. Elle sort de la baignoire et se sèche les cheveux. Dans son corps, les organes et les pensées flottent, elle peine à les relier.

Elle s'applique à dessiner sur sa peau lavée des cartes et des labyrinthes, à tracer au feutre indélébile des écheveaux. L'encre noire suit le trajet des veines, contourne les grains de beauté, abandonne le fil et laisse les lignes se briser. Elle retourne sans cesse sur le balcon pour pouvoir respirer en dehors des pièces qui se resserrent et les lignes noires tracées sur sa peau se superposent à la ville vue d'en haut, une forme nouvelle qui embrouille le plan hippodamien, le distord, l'ensevelit sous un corps immense, assemblage de chauves-souris, encre, bitume, blocs d'habitations, grain de peau et fissures des façades – comme un coloriage sur une diapositive. Sur le trottoir en contrebas, une enfant trébuche. (Graviers dans les paumes, grosses larmes rondes.) Une main rassurante lui frotte les genoux, une voix douce invente une diversion pour susciter le retour vaillant de sa démarche sautillante. L'enfant rit, alors qu'elle, contre le garde-fou, imagine qu'elle bascule.

Dans la cuisine, les escaliers ou la rue, à chaque oubli, à chaque fièvre, elle tombe. À gué, les pierres qu'elle choisit sont branlantes. Les portes s'ouvrent sans prévenir quand elle s'y adosse. Ses pensées sont des échelles gravies un barreau après l'autre : au dernier, le mur d'appui s'affaisse, elle bascule. Les chocs la dispersent, elle éclate en un millier d'akènes à aigrette, s'accroche aux surfaces rugueuses, erre par fraction. Ses transports la divisent. Il lui faut des heures pour se rassembler.

Seule au grenier ou à la cave sur les escaliers
et les échelles, elle pose un pied sur ses robes
qui traînent comme serpillières : chute
la tête fracassée la tempe en sang hématome
traumatisme inconscience
La pluie brouille
la route le vent la nuit elle ferme les yeux
– appuie sur le frein.
Dérapage tonneau les jambes écrasées
la nuque pliée quelque chose flambe-t-il ?
Elle coupe et découpe et taille pain, bois, carton
– dans ses mains le couteau la scie le cutter
sautent et dérapent et
tranchent les veines les poignets les doigts.
Hémorragie : consigne comprimer fort
Avant que quelqu'un la trouve et appelle
les secours le laps de temps
sera-t-il court, raisonnable, long ?
Regarde : tous les jours tu survis à un accident
mortel
et tes peurs blessent amputent
ou tuent trois de tes proches.
Tu conjures.

Quand il rentre et la trouve assise très droite à table, que fait l'homme de tout l'air qu'il inspire sans que ses poumons explosent, que voit-il des fissures de la ville, que sait-il des chutes et des akènes ? Il ignore les fièvres et les invocations, alors, parce qu'il veut lui plaire, il lui offre des bouquets de fleurs. Le prénom qu'elle porte correspond à la case « destinataire » des cartes préremplies des fleuristes complaisants qui encouragent l'homme à les acheter en lieu et place des lettres qu'il ne lui écrit pas. Le prénom inscrit sur les cartes prêtes à l'emploi des fleuristes est le même que celui que les chocolatiers inscrivent pour elle en lettres blanches sucrées sur les cœurs fades et pralinés qu'il lui offre pour accompagner les fleurs qu'une main-d'œuvre non qualifiée exploitée sous-payée a taillées et coupées dans des pays tropicaux d'Afrique de l'Est, fleurs ensuite expédiées dans des avions réfrigérés, emballées dans du papier cristal par les fleuristes et encartées par celui qui les lui offre avec le chocolat qui ne vient pas des mêmes pays, le cacao est cultivé récolté fermenté et séché dans des pays tropicaux d'Afrique de l'Ouest, ce ne sont pas les mêmes latitudes, le cacao est convoyé via cargo alors que les fleurs prennent l'avion, cela diffère, mais son prénom en lettres capitales sur les cartes des fleuristes et en cursive sur les cœurs chocolatés est le même, celui d'une personne qui mérite d'être choyée, comblée, à qui l'homme offre ces petites attentions constantes qui font d'elle une femme heureuse car fêtée en différents jours de l'année et parfois ces jours sont anodins, pas même entourés sur le calendrier – elle remercie d'un air surpris et charmé, elle n'a pas à préparer le dîner.

Je suis comblée est devenu un credo. Elle s'est efforcée de se convaincre de sa véracité par sa récitation, jusqu'à ce qu'elle se déteste de son échec. Depuis, les yeux rivés sur le plafond, elle a souvent pensé que la vie résidait, finalement, en cette longue monotonie : une répétition abrutissante de jours indistincts et fades, quelques éclairs que l'on suce et mastique des mois et des années, que l'on fait rouler sous la langue comme des cailloux, à en épuiser le goût, à en extraire tout le suc, dans l'attente que le prochain se présente, avec l'espoir d'en récolter d'autres sur le chemin – Gretel perdue dans la forêt avait traîné Hansel par le bras, s'était baissée pour récolter les pierres blanches, n'en avait trouvé aucune, domestique au cœur brisé qui nourrissait la sorcière de la chair de son frère. Hansel, c'était l'espoir.

À quel moment les souvenirs d'enfance ont-ils été enfermés dans une bouteille dont les effluves, quand elle la débouche, la font pleurer ? Tous ces éclats de rire, ces genoux écorchés, ces odeurs d'herbes coupées, ces foulards poussiéreux métamorphosés en robes, capes ou toges, ces arbres et ces rochers escaladés, ces après-midi de lecture au grenier, ces fugues à la plage, ces baisers maladroits et ces étreintes folles, ces complicités d'été, ces courses éméchées dans les rues la nuit, quand ont-ils dérivé si loin qu'ils sont devenus flous, comme l'encre qui s'estompe des images cartonnées ? (Des îles disparaissent dans la brume de mer, l'horizon les avale.)

Leur absence se situe dans une zone précise, un creux derrière le nombril, que le présent ne comble jamais, qu'il n'atteint même pas. Elle a nommé ce manque : être adulte. Elle aurait pu choisir résignation. L'envie viscérale de redevenir tourbillon la dévore.

Elle n'est pas sortie depuis la baignade sur la grève, et l'air des pièces se raréfie toujours plus quand elle y entre. Elle suffoque. L'homme, qui considère qu'elle manque de fer de magnésium de vitamines c'est-à-dire de vitalité, lui a conseillé de se reposer. Étends-toi, endors-toi, tes nerfs sont fragiles, ne sont pas du même acabit que ceux des veaux et des poulets, que tu recraches élastiques, impossibles à couper et mâcher, apaise-toi, ne t'épuise pas, ne t'épuise pas… Il a évoqué le docteur, elle a refusé. Il lui propose des cachets après qu'elle se brosse les dents, lui parle d'homéopathie, les cachets sont lisses et blancs, cela ne l'aide pas à dormir. Des visions abrasives peuplent ses nuits, bientôt elle n'aura plus de peau pour cacher les nerfs et les tendons, poncée couche par couche, et le goût du sel sur ses lèvres ne disparaît pas. Chaque matin la trouve plus fine que la veille, pourtant ses poumons, qui confisquent le peu d'oxygène de l'espace réduit où elle se confine, s'élargissent à toutes les cavités de son corps.

Même quand l'homme n'est pas là, sa présence pèse sur tous les objets, elle ne peut plus les soulever alors qu'elle voudrait dépoussiérer, bien qu'elle sache que c'est dans sa propre bouche que les araignées nichent. (Elle les voit quand il dort.) Au lieu d'épousseter, elle frotte avec application sa peau pour effacer le feutre indélébile avant qu'il rentre. Elle utilise des produits de beauté qui sont rangés dans le meuble de la salle de bains, ils sentent bon car elle s'exerce à demeurer organisée et sophistiquée. Elle s'ennuie avec application et prend soin de ne rien faire. Elle évite de lire pour ne pas être stimulée et cultive l'atonie. Elle ne cuisine pas parce qu'elle ne sait plus quels ingrédients l'homme apprécie. Il la reprend avec douceur quand elle se trompe, mais elle préfère le silence. Elle joue à ne plus être elle-même, elle s'améliore, elle est douée. Il ne remarque pas qu'elle s'absente. Il la trouve paresseuse, il éprouve presque du dégoût, il lui cherche des occupations. Il la soigne en multipliant les marques d'attention, la nourrit de viande rouge qu'elle avale en souriant (des chairs fondantes faciles à broyer), il la décore et la corsète, il pense que le sperme fait la peau plus belle et soigne la dépression, les magazines le répètent tous les mois, on parle de ciment du couple, il lui offre du rouge à lèvres, elle le remercie.

Elle opère en silence son ablation du monde, espérant ainsi ne plus en subir l'absurdité nauséabonde, échapper à sa mécanique, à sa douloureuse absence de rationalité et de bienveillance, sans se rendre compte que cet éloignement la sépare d'une part essentielle d'elle-même. Sa vacuité lui apparaît évidente, inéluctable : une vue d'elle en coupe révélerait le vaste réseau de sillons que la dépression a creusé en elle, drainant son énergie. Elle s'imagine comme une termitière abandonnée parcourue de longs couloirs vides ou un fruit piqué dont les deux minuscules trous de vers qui percent la peau ne présagent qu'à peine le désastreux labyrinthe intérieur où la larve a grandi avant d'éclore et de s'envoler. Elle a conscience que l'apathie qu'elle cultive est un refuge précaire, que la léthargie l'engourdit sans l'assommer tout à fait, que les rayons de soleil et les cris des oiseaux de mer ou les lumières des voitures et les odeurs de la ville se succèdent en secousses, réveils et piqûres.

La cohabitation quotidienne avec cet homme qu'elle méprise alors même qu'elle accepte de partager son lit l'a transformée en sa propre contemptrice et aiguisé la conscience qu'elle avait de sa faiblesse, de sa lâcheté, de ses pulsions. Le prince n'a violé ni son corps ni son sommeil. Il a suffi, pour qu'elle lui ouvre la porte, qu'elle ait depuis longtemps filé les quenouilles de mensonges qu'on lui tendait et qu'elle ait tissé sa prison avec leur fil. Elle ne l'a pas chassé de chez elle. Il a changé les ampoules grillées et l'a invitée au restaurant, elle s'est faite volontaire et féline, a trouvé en lui la réponse aux injonctions qui pesaient sur elle. Ils se sont installés en ménage et ont fait équipe pour le choix des rideaux et l'arrosage hebdomadaire des plantes grasses, ils ont instauré des rituels propres à leur couple, le brossage de dents côte à côte, le Oolong du petit-déjeuner, l'émission radiophonique du samedi midi. Depuis que la tapisserie de mensonges s'élime et que ses usures en révèlent par transparence la trame, elle ne sait plus que faire de l'encombrante présence de cet autre auquel elle s'est accoutumée et qui n'a pas su décrypter ses mystères ni soulever ses voiles. Quand elle lui tourne le dos, il ravaude. Il lui confisque les ciseaux pour qu'elle ne puisse pas couper le fil blanc qu'il dévide.

Pourtant, elle est reconnaissante qu'il lui taille les griffes pour la protéger d'elle-même. Elle a été si intense, si emplie d'une fureur primale dans ses dons et ses emportements, si acharnée à être passion et tornade alors qu'il lui répondait par un calme rationnel, par un attachement sincère à choyer l'objet de son affection. Elle s'est persuadée d'incarner le pendant bestial et corporel de l'humain dans le couple qu'ils forment. Dès lors, convaincue de sa dépravation et sa cruauté, de sa monstruosité amadouée par les chairs sanglantes d'animaux gavés de sédatifs et d'antibiotiques lancées pour l'appâter, que lui restait-il sinon apprendre : à se donner tout entière, à s'abandonner aux soins prodigués, à se laisser nourrir et cajoler ? L'idée insidieuse de sa domestication nécessaire a progressé en parallèle de celle de sa bestialité.

Elle se déteste et se rêve pur ornement, sage et somptueuse, végétale plutôt que bête : arbre, elle dominerait l'orangerie par ses effluves, décorerait le sol des flocons de ses pétales tombés. Il faudrait qu'elle soit taillée et tuteurée pour donner de beaux fruits. Ses branches heurteraient les vitres de la serre, ses fleurs ne seraient fécondées par aucun des insectes tropicaux que nécessiterait sa reproduction, on l'aspergerait sans cesse d'engrais et de fongicides pour qu'elle survive, elle s'épanouirait quelques années mais en secret flétrirait et saurait – les canaux qui sèchent en son cœur et les poches de sève qui poussent sous sa peau, prêtes à exploser et à répandre leur poison.

Quand il pleut, elle se voudrait mancenillier.

Elle reste un monstre, elle nourrit un monstre, un monstre vit en elle, elle le mange. Elle muselle. Elle lustre la carapace du monstre avec sa salive, les écailles brillent, elle tait ses fièvres et ses nuits, elle le promène quand tout dort. Elle pousse des cris silencieux. Pour se taire, elle enfonce ses ongles dans ses bras et ses cuisses, des demi-lunes rouge et bleu fleurissent sur son corps puis disparaissent.

Elle voudrait être fragile forte distinguée vulgaire tendre spirituelle cultivée artificielle sincère, elle pense être violente elle ne sait pas si cela la définit, elle fait le contraire de ce qu'elle dit elle ne sait pas qui elle est elle ne voit qu'un trou où elle tombe. Elle s'engouffre dans ce trou et ça la fait crier elle ne peut pas retenir ses cris elle a du mal à sortir des difficultés à s'extirper, elle ne sait pas si elle va traverser la terre, elle ne pense pas trouver une issue de l'autre côté. Elle a toujours la bouche trop pleine pour pleurer, tous les miroirs qu'elle croise sont fissurés : il y a des déchirures dans ses pupilles quand elle les fixe, elle ne sait pas les dissimuler, des filaments noirs qui s'échappent et découpent les iris.

Lorsque l'homme l'avait ramenée de la baignade, il ne l'avait pas ramenée tout de suite à l'appartement. Le flou s'est maintenu parce qu'elle ne voulait pas des réminiscences de ce retour, mais le souvenir-cancer déploie de longs filaments, une goutte d'encre dans un verre d'eau. Le temps a sauté là-bas – les images qui demeurent ont presque toutes perdu le son qui devrait les accompagner et composent un album de vignettes feuilleté en boucle. Elle compulse, et se noie.

La route étroite sinuait dans la vallée, les collines douces absorbaient la pensée, la chaleur étouffante de la voiture l'écœurait et l'endormait, la pensée se concentrait sur les nids-de-poule et la répétition saccadée des secousses. Il avait dévié du trajet habituel, mais elle n'avait pas réagi, ses cheveux trempés glaçaient sa nuque, la mer avait blanchi ses mains et ses ongles, le sable irritait sa peau, elle léchait ses lèvres pour retrouver le goût du sel. La route s'amenuisait, les essuie-glaces balayaient le paysage sans réussir à l'effacer. Ses yeux s'étaient fermés.

Il avait emprunté la route étroite qui surplombe la côte sur quelques kilomètres puis oblique dans la vallée et serpente le long de la rivière. L'itinéraire des soirées douces d'été, des petits matins brumeux ou des lunes rousses, une route d'écoliers à vélo, d'amoureux, de photographes, avec ses prairies, ses odeurs de sieste et de pique-niques, ses demi-tours de chevreuils surpris, ses cris de hulottes et de geais. Un itinéraire absurde pour une voiture chauffée, pour le silence d'après l'eau froide, le sable et l'écume, pour le retour vers un appartement où l'air et la vie manquent. Et la stupide petite aire de repos qu'elle évitait toujours de regarder, avec ses tables en bois aux bancs fixes, ses poubelles pour vacanciers propres et son bitume fissuré et bosselé que les racines des arbres fuient. Il y avait manœuvré pour garer la voiture près des tables dans le sens du départ, un exercice à l'exécution concise. Elle dégoulinait encore, il s'était tourné vers elle avec un sourire, avait parlé de surprise, d'hôtel, d'insolite, de futur proche, elle n'écoutait pas, elle avait envie de vomir à cause du chauffage. Il disait : te changer les idées, te détendre ; il ajoutait restaurant, esthéticienne et vacances ; il était content, il avait quand même l'air inquiet. Elle ne savait pas ce qu'il pensait (elle supposait : tes crises, tes errances, tes enfantillages), elle ne comprenait rien ; et la nausée ; et l'incohérence et le romantisme suranné de la petite route ; et le débit de sa voix – elle s'était endormie.

Un flash. Il lui secoue l'épaule, elle sursaute, il la regarde les yeux rouges les lèvres pincées, elle ouvre la portière, elle a besoin d'air, Reste là (il dit), Tu vas arrêter de fuir (il intime). Il la rejoint dehors quand elle sort, il répète : hôtel, vacances, retrouvailles, écoute-moi. C'est tellement hors de propos qu'elle rit. Des hoquets, des soubresauts, des dégueulis de rire, elle en bave et en pleure. Il menace d'annuler la réservation, elle se tord et se tient le ventre, elle n'arrive pas à arrêter de rire. C'est là qu'elle perd pied et que tout sombre avec elle : après cela, il n'y a plus rien jusqu'à la salle de bains puis la chambre. Elle ne peut pas appréhender ce retour, le saisir entièrement pour en scruter les détails : tout s'arrête après l'hilarité maniaque qui occulte le sens de chaque chose. Elle flotte comme une noyée dans ce souvenir et ne parvient plus à émerger.

La colère et la révolte subsistent, bien que leur sens n'apparaisse pas de façon limpide. Les mauvais jours, une colonne qui traverse son corps part du ventre, bloquée dans sa gorge. Pousse, mais ne peut sortir. Faite de mots et de violence, de mots de violence, de boucles de spirales qui descendent s'enfoncent dans son ventre parce que sa gorge est serrée, une porte close, elle s'abîme à vouloir l'ouvrir, il faudrait faire sauter les verrous grippés, mais c'est comme tourner une vis dans le mauvais sens, ça se resserre et fait bloc : le corps à la suite fait bloc. Pour briser la colonne, pour l'extraire, il faut casser quelque chose. Un bris, une douleur vive, meurtrir la surface pour s'arracher des profondeurs, émerger, ne plus être statue ni bloc ni murée – la conscience qui se cogne contre les parois du corps, sur les parois du corps tous ces mots hurlés fracassés jetés qui rebondissent. Le tremblement fissure, lézarde, un tremblement terrible, une secousse : qui brise, qui arrache, qui rappelle au corps, au corps qui n'est plus bloc, mais saccades que seuls le cri haché ou les flots peuvent ralentir, or les flots ne nettoient pas, ils détachent les lambeaux, leur violence transmute la rage d'être bloc en douleur d'être lambeaux arrachés. Une violence qui éreinte, une déconnexion entre l'intérieur et ce qui entoure, un voile neutre qui recouvre tout, un brouillard, une neutralité, la tentation de : l'intérieur. Mais couper, tout, couper l'écran, éteindre, pause. Il faudrait que le vide laissé par la colonne devenue bloc ne soit plus vide, mais souffle.

L'air manque, et elle gît béante dans l'attente de la suture. Ces jours qui la drainent sont eux-mêmes vidés de leur substance par la violence de la suffocation. Le canapé accueille sa léthargie d'après la secousse, alors que la pensée ne sait plus se fixer sur les objets ou les tâches quotidiennes, achoppant sur les cartes postales que sa mémoire collectionne.

Souvent, sans coquillage contre l'oreille, le ressac la berce. Elle n'a plus vu la mer depuis le retour de la baignade, mais son bruit l'obsède. Lorsqu'elle ferme les yeux, son lit tangue, ballotté par les flots. Les murs de la chambre oscillent avec le vent, la fenêtre grince, dehors quelque chose claque contre le volet. Le vertige la saisit. Ses rêves se noient sous les lames de fond. À la lisière du sommeil, la mer gonfle, enfle, s'abat sur les voitures, les routes et les immeubles – avec fracas et fureur, dans un grondement terrible. Le sol de la chambre penche, le lit glisse, la roule vers l'eau, le sable, les algues. Toute la nuit, les vagues menacent. Elle repense à la baignade, au sel qu'elle ne voulait pas enlever de sa peau. Elle léchait son épaule et son avant-bras pour retrouver le goût des vagues, puis la douche avait tout effacé, mais le sommeil avait fixé le souvenir. L'appartement est de moins en moins supportable, les journées longues et vides envisagées séparément ne laissent aucune trace, mais leur somme monotone ronge sa chair à vif, vrille sa gorge, creuse dans son torse une dépression cyclonique, un embryon d'ouragan qui l'obsède. Elle dessine des pétrels.

Un matin frais, enfin, elle suit les courbes de la falaise jusqu'au phare. Elle gravit les marches sans les compter, sa main glisse sur la rampe froide de l'escalier. Elle tourne plusieurs fois le long de la balustrade qui entoure le sommet, les aspérités grumeleuses du métal ont été lissées par les mains et l'antirouille. La peinture rouge du mur contre lequel elle s'assied est glissante de pluie et d'écume. L'électronique a succédé au dernier gardien ; derrière leurs portes closes, les pièces inconfortables du phare sont vides et exhalent une odeur de renfermé, d'humidité, de moisissure. Au-dessus des flots, elle ignore les fantômes qui les hantent peut-être. La rambarde est trop étroite pour qu'elle puisse glisser les jambes en dessous et les laisser pendre dans le vide, alors elle les replie contre sa poitrine et les entoure de ses bras. La journée passe lentement, dans une variation de vents, de vagues et de goélands. Le soleil se couche dans son dos, les orange et les pourpres doivent fondre ensemble la mer et le ciel, mais elle ne se retourne pas. Lors des courts instants qui précèdent la pénombre, le ciel qui lui fait face s'éclaircit, un bleu délavé qui rosit autour des rochers violets. La mer pâlit et retient son souffle, puis fonce quand le soleil disparaît, masse grise d'acier liquide ridée par le vent. Quand le cobalt de la nuit envahit l'est malgré l'or vert de l'ouest, le phare s'allume. La ronde de ses rayons balaiera l'obscurité sans trêve, l'écume ruissellera des roches en contrebas après chaque vague, les oiseaux se tairont, l'air sera doux et la houle régulière, la tempête annoncée n'arrivera pas ce soir. Elle se souvient de longues nuits venteuses, de rafales de pluie percées par le faisceau du phare, des cris stridents des dizaines d'oiseaux-tempête égarés que la lumière puissante avait attirés et de leur tournoiement affolé. De leur détresse dans le ciel et des gifles des vagues sur les chaos. Quelque part dans un secrétaire, doit se trouver une photographie qui la montre debout au bord de la falaise, adossée au vide, l'une de ces nuits. Ce soir-là, le vent la soutenait et la maintenait à la verticale, les bourrasques plaquaient ses vêtements trempés à sa peau, l'écume s'accrochait et fondait dans ses cheveux, elle avait froid et criait par-dessus les oiseaux et la tempête. Le papier argentique n'a pas retenu les mots qu'elle avait lancés et leur destinataire est parti, l'odeur de sa peau oubliée.

Aucun tsunami ne trouble son sommeil contre la paroi du phare et l'aube qui survient le lendemain lui délivre un corps vague, un esprit clair. Elle observe un cormoran qui plonge, ressort, replonge, un poisson argenté coule dans sa gorge à la troisième tentative. Une brise qui blanchit les crêtes et joue avec ses cheveux s'est levée avec le jour. Elle respire – fond en larme, hoquette, soubresaute – respire. Le départ approche, il éloigne la fièvre et rétracte assez la colonne qui bloque sa gorge pour qu'elle chuchote.

Mon départ approche, mon ventre se gonfle ; je – respire.

À son retour, l'homme est une nouvelle fois absent de l'appartement. Son emploi du temps fixé sur le frigo se compose de cases noires et blanches alternées selon des rythmes mutants dont la maîtrise ne revient qu'à lui – croche, croche, demi-pause (elle souffle), noire, croche, quelques soupirs, elle ne mémorise pas les activités qui l'occupent. Ce matin, l'immobilité et le silence des objets la frappent. Sur les murs, les étagères, les consoles, les commodes, les bibliothèques, rien ne se déplace, ne parle, ne respire, n'oscille ou ne rampe. Elle saisit chaque objet, l'examine dans le détail et le repose précisément à sa place, s'assied et énumère les choses qui l'entourent : la répétition maniaque de leurs noms révèle leur vacuité, leur rigidité, leur inanité. Elle rédige en pensée un abécédaire de salon puis en gomme les images. Derrière ses paupières closes apparaissent des murs blancs et des pièces sans meubles dans lesquelles les cendres des objets se dispersent par les fenêtres ouvertes. Les lustres et les rideaux y fondent en gouttes sur le sol d'où leurs flaques s'évaporent ensuite au soleil. Elle attrape son feutre indélébile et dessine le phare sur l'un des murs, elle n'oublie ni les rayons ni les pétrels. Elle trouve au fond du cagibi un seau de peinture, lance son contenu laiteux sur les cloisons et sur les meubles, puis arrache les couvertures du lit et trace au feutre sur les draps le contour de deux corps. (Elle respecte bien la distance qui les sépare.) Quand elle vide le contenu de la pharmacie sur le lit, les flacons ouverts dégueulent leurs cachets dans les estomacs de coton.

Elle remplit un sac en toile avec les vêtements qu'elle trouve, quelques breloques, une liasse de billets, un trousseau de clés. Sur la console, l'écran de la télévision tente de cacher son agressive imbécillité quotidienne sous une placidité éteinte, presque anodine, que le jet d'un vide-poche en faïence perturbe avec brusquerie. La fissure occasionnée ressemble à un immense opilion dont les pattes s'agrippent aux rebords de l'objet. Une toute dernière fois, elle sort de l'appartement. Rien n'explose.

Sur le parking, les cimes des arbres se balancent dans le vent, quelques jeunes feuilles se décrochent de leurs branches et fouettent les visages. Un sac plastique tourbillonne entre les véhicules à la recherche d'un pare-brise sur lequel se coller. Le cœur s'affole comme la brise qui siffle à ses oreilles glace les joues et tente de faire ployer les troncs qui la freinent et la dévient. Elle démarre la voiture et oblique vers le port, dans les rafales qui forcissent et qui bloqueront à quai les ferries. Si la nuit tient ses promesses de vent, elle l'empêchera de penser au non-retour qu'elle initie. Le trajet sera long pour quitter. Au début, il lui faudra rouler à travers les champs et les landes, trouver un bateau, ne pas se retourner. Puis, elle cessera de danser la pantomime et essuiera la tempête.

Le café de la gare maritime ne ferme pas ses portes aux oiseaux de nuit et les visages grimaçants et grossis des taches lumineuses se distordent et dégoulinent le long de ses vitres froides. Leurs bouches hideuses sourient en bavant des coulées bleues et jaunes qui se répandent jusque dans les flaques que le vent ride. Rires déformés, claques métalliques de haubans, sonnaille de sébiles, vibrations en sourdine, om lointain, charpie de voix, fureur de sirènes (des coquillages tintinnabulent dans leurs crinières iodées, Poséidon brandit un trident vengeur). La main roide du dormeur solitaire étreint l'obscurité qui l'entoure, *comme pour saisir ou repousser quelque chose*. Les bourrasques secouent les fourgons sur le parking, la graisse figée des suspensions fissure et craquelle, les carcasses métalliques tressautent. Elle colle ses paumes sur les fenêtres et déchiffre le test de Rorschach que les alignements de réverbères composent. Sa buée trouble le tableau, les arbres convulsent, une poubelle traverse la rue. La banquette colle à ses vêtements humides, le café la réchauffe à peine. Chaque tour d'horloge éclaircit un peu plus le ciel, jusqu'à ce qu'enfin le bleu glacier du jour qui point vire au rose pastel. Les rafales ont arraché les flaques et séché les rues ; le sable, le sel et les fragments d'algues crissent sur les vitres des voitures. Elle a vaincu la nuit en laissant le réel museler l'imagination : l'observation passive et stoïque du désordre extérieur a tenu à distance les chats et les araignées qui la peuplent. L'intérieur du café où elle s'est réfugiée s'est transformé le temps de la tempête en un espace autre en dehors d'un monde-maquette rétréci. Rien dans ce lieu en suspension n'a plus cours que le manque de sommeil et l'absence à elle-même.

2.

Elle chante la comptine des heures et compte trois corneilles. L'une quitte la falaise, l'autre se perche sur les ruines, la troisième quitte le navire. Une nuit, un jour, une nuit et un jour encore – se fondent.

Sur les flots, dans un rêve de portes, le bateau a traversé le chenal et les visions ont tangué, accompagnées par les fous. Au large, la coque a disparu : d'abord la proue, puis le pont et elle, debout sur le bastingage arrière, les yeux sur le sillage. Pour ne pas heurter la muraille de brume, les fous se sont appuyés sur le vent, accomplissant un arc de cercle majestueux. Quelques battements d'ailes puissants, en silence, et le jaune pâle de leurs têtes s'est estompé dans le lointain, une fraction de seconde avant les triangles noirs de leurs ailes étroites.

L'embarquement avait eu lieu à l'aube, et là tout lui avait glissé des mains, les papiers perdus dans les flaques d'huile et les désillusions. Le garage, l'entrepont, le salon passager et les sièges inclinés, le réseau téléphonique coupé, la mer, les oiseaux fous, les repas avalés sans faim… la traversée n'a pas laissé beaucoup de souvenirs. La trace d'une certitude : les corvidés du port ont rejoint les rangs des augures qui s'étaient multipliés lors des dernières semaines – un bibelot brisé, une pierre précieuse descellée, des plantes fanées. Le balcon fleuri de l'appartement avait jauni et les pots allégés avaient chu, le vent avait balayé les billes d'argile, les liens qui la retenaient dans la ville et sur la côte s'étaient rétractés, se réduisant à l'homme.

Désormais, le volant et ses mains qui tremblent sur le pistolet d'essence, la fatigue, l'excitation, les biscuits secs et les chewing-gums. Les kilomètres n'ont jamais défilé aussi vite, la réalité vacille alors qu'elle la rattrape. Il lui semble qu'au bout de la course c'est elle-même qui s'attend et qu'à chaque pas elle s'approche de cette femme. Celle qu'elle était là-bas lui devient déjà étrangère.

Elle s'est éloignée de la côte et a traversé des campagnes uniformes, couvertes de champs de blé et de maïs. Les talus et les haies n'abritaient pas d'oiseaux, les chevêches et les renards séchaient sur les bas-côtés, elle ne s'est pas arrêtée pour recueillir leurs plumes ou leurs fourrures souillées de sang. Doucement, les forêts ont succédé aux campagnes et les paysages se sont vallonnés. Pour éviter les crapauds qui ressemblent à des feuilles mortes, elle conduit doucement entre chien et loup. Elle traverse des rivières sur des viaducs qui lui donnent le vertige, elle voudrait fermer les yeux, mais elle ne veut tuer personne alors elle fixe la chaussée et bloque sa respiration. Elle courbe la tête lorsqu'elle passe sous les ponts, serre le volant quand elle double. Son corps-voiture réclame du café et du diesel, elle le satisfait dans les stations-service des supermarchés. Les parkings où elle dort sont déserts la nuit, le bruit des générateurs électriques à l'arrière des entrepôts la berce.

Quand la fatigue s'accroît, elle s'autorise à louer une chambre dans des motels pour routiers et commerciaux dont elle traverse les couloirs les yeux rivés au sol pour gagner la douche. Lorsqu'elle imagine les regards des clients sur elle, elle éprouve autant son incongruité dans ces espaces masculins bon marché que les signes extérieurs de sa féminité. Les thermostats mal réglés l'empêchent de paresser sous l'eau, mais ces douches rapides sont nécessaires à l'image qu'elle s'est forgée d'elle-même.

Le soir, des quintes de toux la secouent, sa gorge la brûle, les litres d'eau avalés ne soulagent rien de la douleur aiguë qui empire lorsqu'elle s'allonge. Les charançons qui la rongent sans qu'elle puisse les expectorer grouillent de la pointe du cœur au larynx et la maintiennent éveillée de longues heures alors qu'elle voudrait s'endormir rapidement pour ne pas avoir à nommer ses pensées. Pour éviter l'écueil de la réflexion et de l'analyse, elle ne formule pas son départ en mots mais en images, et dans ses rêves elle est corneille ou étoile en expansion.

Des accès de panique la réveillent. Ses crises ont la voix de l'homme. Il la traite d'irresponsable, de folle, de petite sotte, de salope, de traîtresse. Puis il la câline, la cajole, la caresse, la rassure, l'enserre dans ses mains comme un moineau assommé contre une baie vitrée qu'on palpe pour le réveiller – s'il ne se réveille pas, on l'enterre dans une boîte à chaussures et on l'oublie. Il l'implore, elle doute et regrette. En sueur, elle ouvre les yeux et regarde le ciel. Elle vérifie qu'elle est seule malgré les échos de la voix masculine qui résonnent. Elle repense aux pétrels, à la houle, au phare, les compare à l'ancienne atonie des soirées et aux crocodiles des passages cloutés. L'illusion de l'homme persifle toujours, elle lui crache à la figure, démarre la voiture et s'éloigne encore. Elle roule des heures. La carcasse métallique la protège et la propulse vers l'intérieur des terres, suivant une trajectoire indéfinie qui tend vers le sud. Elle se préoccupe de moins en moins de son corps, se contente de le laver sommairement et de le nourrir. Pas de réconciliation, mais une trêve. Ses cheveux s'emmêlent, mais elle n'a plus peur des siphons. Sa peau est de moins en moins imberbe. Ses ongles s'allongent puis se déchirent, leurs angles lui griffent le visage la nuit. Ses yeux, dans le rétroviseur, s'éclaircissent.

Une nuit, elle retourne en songe dans un espace fermé dont on ne peut pas sortir. Elle franchit des salles vides. Couloirs, enfilades de portes, il y a des groupes d'hommes derrière chacune. (Des cachettes.) Quand la sirène retentit, une foule se bouscule dans la descente aux sous-sols, elle voudrait appeler les secours, il n'y a personne à joindre, pas de destinataires ni de réseau, ses doigts s'embrouillent. Une mêlée la porte à l'extérieur, où elle longe un bâtiment rectangulaire de béton noir qui cache une plage. Des arcades l'entourent, mais même au loin la mer est absente – pas d'odeur (ni poisson ni iode).

De l'ombre d'un pilier surgit une présence masculine mystérieuse et effrayante qu'elle reconnaît et qui la guide vers un appartement. À l'intérieur : une marâtre et des jouets sur un canapé. Elle ne veut pas que la marâtre la voie, mais rien n'échappe à ses regards inquisiteurs. La présence masculine la recouvre entièrement d'une couverture grise, fine, râpée, immense, et de draps blancs. Cachée sur le canapé avec les jouets, elle s'agite et respire fort. La marâtre écarte les rideaux, soulève les draps et bouscule les jouets, mais ses yeux sont dupés par la présence masculine qui s'est allongée contre elle. Ils sont invisibles. La marâtre, l'aigre femme, quitte la pièce et la laisse seule avec la présence, coincée dans cette petite pièce. Quand elle ferme les yeux et ressent le corps à ses côtés, elle pense « elle » et non « lui ».

Elle reconnaît en cet homme-elle la Mort, mais n'éprouve aucune peur car elle le désire autant qu'elle sent le trouble qu'elle provoque dans ce corps étranger. Sang qui pulse dans les veines, vertige, chaleurs, ses mains sur son souffle or : elle repousse la Mort. Avec force et malgré l'envie de. La fenêtre de l'appartement, rideaux gris, s'ouvre sur la perspective d'une rue, garde-fou trop bas, en face des immeubles, ciel gris aussi. Elle monte sur le rebord, se penche, provoque la Mort. L'homme-elle ouvre les bras et fait tomber la neige, une chute douce, des milliers de flocons, en tourbillons. Elle ne pense plus à sauter, tend une main qui se remplit de minuscules avions en papier blanc. Des illusions de flocons, pour la rattraper. Elle étreint l'homme-elle et ils font l'amour. Elle a déjoué un conte pour enfants, la Mort a le visage de son amant, elle voit la femme qu'il est.

La nuit suivante, elle demande à l'amant de lui tirer dessus avec l'arc et la flèche qu'elle lui donne. La pointe de la flèche est une boule en caoutchouc : c'est un test. Si tu m'aimes, tire. Une fois, puis une autre. Elle insiste. La deuxième flèche ouvre un trou dans son corps et l'amant devine qu'elle va mourir. Elle précise : je suis nue. C'était un test (elle répète).

Plus tard dans le rêve, les corps allongés l'un contre l'autre, l'amant, le matelas neuf et les draps de coton léger, la fenêtre grillagée. Les minutes se tairont. Se souvenir de : le premier matin, le réveil, le doute. Se déprendre, désapprendre puis transformer le nouveau en habitude pour mieux – quitter, encore.

Avant le départ, elle se nourrissait de fausses promesses : anticiper, jeûner, marcher, s'étirer, penser à une cigarette de temps en temps, le soir, à acheter du vin naturel plus souvent, à faire du yoga, ça aurait été bien, et méditer. Elle nettoyait son corps avec application, elle rangeait ses lotions dans l'armoire de la salle de bains, elle se démêlait et se lissait les cheveux, elle allait chez la coiffeuse et chez l'esthéticienne, elle avait un budget, elle faisait du sport pour ne pas grossir, elle grossissait mais elle disait : c'est l'hiver ; elle harmonisait ses sous-vêtements, elle les portait en dentelle en léopard ou en vinyle pour séduire l'homme mais elle se déshabillait seule, l'efficacité des sous-vêtements harmonisés pour le séduire était discutable. Elle limait puis polissait ses ongles, elle n'idolâtrait pas son reflet dans la glace, mais elle appréciait l'ordre et la précision de son image, l'ordre la rassurait, elle pensait maîtriser, elle croyait repousser loin d'elle les nuits les fièvres les peurs et les visions si elle maîtrisait conformait modelait, mais elle n'ordonnait jamais assez, les poils les ongles les cheveux poussaient, les peurs et les fièvres croissaient, elle s'en voulait, elle n'arrivait pas à s'acharner, elle était coupable de sa faiblesse, elle aurait voulu se flageller mais elle n'osait pas, ses actes étaient tous avortés, elle les rangeait dans un casier, ils étaient difformes et peu évolués, ils se recroquevillaient dans les recoins, ils laissaient derrière eux dans leur fuite des traces qu'elle s'appliquait à lessiver, elle regardait parfois la télé.

Elle essayait de marcher droit, de dessiner une ligne claire, en réalité elle s'esquintait les genoux et s'arrachait les ongles en pavant la voie sur laquelle elle s'obstinait à se traîner à quatre pattes, brave petite pèlerine qui montait les marches à genoux et aurait pour finir mâchouillé l'hostie fade qu'on lui aurait offerte en récompense de s'être punie de vouloir vivre, vivre absolument, de s'être ôté l'idée d'un possible et d'une liberté, de s'être conformée à l'idée d'un bonheur sans embûches pour ne pas être montrée du doigt. Un bonheur amenuisé, qui avait pris ce goût doucereux et écœurant de sucreries rances, collantes, oubliées dans le fond d'un tiroir. Des dragées dans leur sachet de tulle, jetées en vrac parmi les photographies, les lettres, les épluchures de crayon, les trombones, les clés dont les cadenas sont perdus. Son désarroi n'était ni nommé ni conscient.

Les cris ne sortaient plus de sa bouche trop pleine de ce qu'on lui offrait : exhausteurs de goût, médicaments, produits carnés, surgelés et importés, divertissements, tous avalés par réflexe – et les couleuvres qu'on lui tendait. Avec le trop-plein étaient arrivés le dégoût et la nausée, puis l'ennui. Elle parlait peu, ne répondait pas au téléphone, avait coupé le contact avec ses anciennes relations, ne travaillait pas, n'accueillait plus à ses côtés qu'une seule présence, cet homme qu'elle supportait mal. Dans les avenues et les couloirs des supermarchés, elle s'égarait, incapable de comprendre ce qu'elle voyait, les réclames muettes qui s'animent sur les écrans géants, les haut-parleurs qui régurgitent de nouvelles interprétations de chansons démodées, le temps qui se fige entre les rayons. Tout la révulsait et lui glissait des mains.

Elle fantasmait :   une batte de base-ball
et un rayon de petits pois   (en boîte)
  un putain de massacre au rayon épicerie
    des glissades sur les papiers colorés des barres
chocolatées
et la purée de cosmétiques éventrés
                    (PPG PEG-6 PEG-8)
          un briquet et du kérosène à destination

des hangars cubiques des ZA & ZI & ZAC
qu'ils explosent
(métal fondu et traces noires
derrière les feux rouges)
un joli feu d'artifice en mémoire
des loups des lynx des ours de la forêt primaire
la fin des luminaires
des bazars à trois francs six sous
des pizzerias-grills et des artisans-boulangers
industriels de tradition des piscines
d'exposition des bulldozers de location
une route engloutie par le plastique liquéfié
des bustes de faux mannequins
où les cartons jaunes et roses des prix festifs
voleraient comme des mouches
et mourraient.

Aujourd'hui, elle ne sait plus. Les choses ont revêtu depuis plusieurs mois un caractère d'étrangeté au point que leurs noms ont perdu leur signification et que leurs fonctions lui sont devenues inconnues ou tout du moins insaisissables. Cette étrangeté a contaminé tous ceux qu'elle croise, dont elle ne saisit ni les gestes, ni les habitudes, ni les paroles. Elle s'est imperméabilisée à l'empreinte des autres et leur présence s'écoule entre ses mains en coupe pour retomber en flaque à ses pieds. Leurs voix se dispersent, leurs silhouettes déambulent nimbées d'un halo de brume, lointaines et fuyantes. Le rêve et les fièvres ont contaminé la réalité qui grésille, comme si ses perceptions étaient brouillées par des signaux trop puissants. Sa vie d'avant, la neige d'après la mire ; le présent, dans une pulsion de fuite. Le reste perd en consistance.

Et puis il y a maintenant la faim. Ou : ce qui ressemble à la faim. La faim ne creuse pas la gorge. Ne creuse pas sous les côtes. N'écrase pas les poumons. Voilà ce qu'elle appelle la faim, qui n'est pas la faim. Un coup dans le plexus. Le souffle coupé, l'aiguë douleur, l'aiguille à la pointe du cœur. Un choc pareil aux plats de l'enfance (les poumons vidés, l'appel d'air impossible) mais qui survient : sans tomber. Le dos raide, les vertèbres soudées, la gorge acide. Le souffle coupé, la pointe du cœur. Les longues minutes, quelques pailles d'air, trachée serrée. Les quintes de toux avant le sommeil, à cause des charançons. Les coups dans le plexus. Elle pense à la faim et l'appétit ne vient pas, la migraine le chasse, ce n'est pas la faim qui creuse sous le diaphragme, ce n'est pas la faim qui contracte la gorge et rétracte l'estomac, ce n'est pas la faim. Elle ne pense pas. Elle tousse. Elle cherche le poids sur ses poumons, elle ne le trouve pas, elle imagine se nourrir, elle n'a envie de rien, elle pense à la faim, la faim s'absente, elle respire mal, pour parler elle aboie.

Une voix de femme crie trois fois son prénom chaque soir quand elle s'endort. Un : interjection. Deux : interrogation. Trois : panique. À trois, nœud de Möbius : trois panique – trois panique – trois panique. Dans sa poitrine deux mains creusent, écartent son plexus, fouaillent sous ses côtes, dans le corps mou de ses poumons les mains se croisent et s'attrapent les poignets se tordent et s'enroulent, un tour, deux tours, trois tours. Trois : panique. Les doigts se croisent et les poignets s'enroulent. D'autres mains attrapent les chevilles. Croisent et enroulent.

Elle ouvre les yeux elle ne sait plus où sont ses mains parmi toutes les mains lesquelles sont les siennes ? Si elle secoue vite très vite les mains sous les couvertures dans le noir et qu'elle ne les regarde pas, ses mains se retrouveront-elles, la droite et la gauche ? Jamais les mains ne se perdent. Les mains se mélangent, mais ne se perdent pas l'une l'autre. Elle peut ne plus les voir ne plus les sentir, mais : les mains accrochent emmêlent enroulent. Croisent et enroulent. Trop de mains, trop de mains, combien sont à elle ?

La voix crie trois fois son prénom, elle n'a que deux mains, les autres ne sont pas les siennes, elle ne peut pas attraper trois fois la gorge de la voix pour la faire taire, la troisième s'échappe et crie. Trois : panique.

Le vol fixe d'un tadorne la surplombe. Elle ferme les yeux pour oublier la voix, derrière ses paupières des paillettes jaunes et roses des feux d'artifice de la poussière colorée. Se concentrer pour atteindre le noir. L'obscurité, un rideau qui se soulève : la scène apparaît, sur ses planches des squelettes-marionnettes exécutent une danse macabre – si elle ne bouche pas ses oreilles ils connaîtront son nom. Elle invoque le tadorne pour les chasser, mais ils rient, ils rient, ils rient. Elle connaît leur danse pour y assister tous les soirs, la fin de la chorégraphie n'est pas inconnue d'elle, il ne faut pas qu'elle leur dise. Son corps est de plomb, cloué au lit par les mains qui ne sont pas les siennes. Immobile, souffle sur le tadorne. Ses ailes te recouvrent, tu sombres.

Il y a quelque chose de l'aurore boréale dans les ondoiements des pieuvres hypnagogiques qui l'enlacent, une volupté électrique des couleurs de l'angoisse existentielle qui l'inféode et la pétrifie. La fuite, mais en est-ce vraiment une, n'opère pas dans le sommeil hanté. La femme qu'elle attend, qu'elle cherche à approcher, a toujours une étape d'avance : sa poursuite exige d'additionner la distance à la distance, les heures aux heures. Depuis quand roule-t-elle ainsi ? Les variations dans les grappes de fleurs blanches suspendues au-dessus des routes fractionnent le temps. Aubépine, faux-acacia, sureau, tilleul, pétales-flocons qui constellent les fossés les jours de pluie et s'accrochent aux cheveux ; la suie d'or de leur pollen se dépose sur les vitres, les doigts y laissent de longues traînées. Les lieux qu'elle a traversés, gare maritime, parkings de supermarchés, motels, villages vides, forment un réseau de points sur lequel elle ne se situe pas, comme si elle flottait dans un espace toujours intermédiaire dans l'attente du lieu suffisamment acceptable pour s'y incarner, mais repoussant ce moment de l'incarnation. Cet état gazeux dans lequel la poursuite d'un soi possible la maintient a supplanté la glu des longs mois d'asthénie, de défaillances, d'absences.

Le doute qui la saisit souvent au réveil la laisse hagarde. Peut-être n'est-elle pas partie : elle demeure là-bas, une silhouette grise appuyée sur le garde-fou du balcon, les yeux dans le vague ; et peut-être l'échappée n'est-elle qu'un rêve plus flou que les visions aiguisées par ses fièvres, une sorte de film en seize millimètres aux images tachées de zones blanches, la pellicule brûlée. Une mauvaise focale, des saccades, des fractions de bitume et de paysages avec du grain et des couleurs éclaircies, des sautes d'images et de faux raccords. Peut-être est-elle si dépossédée de sa réalité qu'elle a inventé ce départ brusque et désordonné, qu'elle a abandonné l'idée de s'accrocher à rendre tout cela réel, l'appartement, l'homme, le lit double aux draps blancs, et voilà pourquoi personne ne la poursuit. Ou bien elle a fini par glisser et l'homme ne s'en est pas aperçu. (Il la hèle sans qu'elle réponde, la secoue pour que ses mains lâchent le garde-fou, traîne des pieds jusqu'à la chambre et parfois elle l'y rejoint, l'espace entre les corps prend plus de place qu'avant.)

C'est une pensée qui la fait sursauter. Rien de tout cela n'est réel. Je suis encore là-bas, les draps blancs. Ou : rien de ce qui a été avant cela n'est réel. Elle n'arrive pas à choisir entre les deux. Elle croit à la seconde, parce que la première l'effraie. Elle est encore coincée, avec cette histoire de réel. De choses qui arrivent.

Si elle l'a quitté, vraiment, si la route et les visages croisés sont vécus, si leur empreinte modifie son corps et son esprit autant qu'elle le pressent, cela signifierait que son absence n'a fait que se matérialiser après avoir longtemps envahi leur vie de couple de sa présence désincarnée. Peut-être l'homme ne la cherche-t-il pas, parce qu'il ne se rappelle pas l'avoir vraiment connue. Peut-être vit-il, à cause de son départ, dans ce creux où elle était tombée, et voit-il enfin ce qu'il avait feint de ne pas voir : l'appartement s'était effondré, avalé par une dépression qui sapait les fondations, engloutissait le lit, la salle de bains, la possibilité d'une idée.

Dans la journée, la réalité de la voiture, les sons qui ancrent, les odeurs et la chaleur qui la ligotent au présent l'empêchent de s'absenter trop. Tout ce qui est prégnant, dont on ne peut se défaire, qui colle au corps à l'esprit, elle n'y pense pas, elle se contente de vivre ce qui se passe – ce film flou, elle ne réalise pas qu'elle en est actrice, il n'y a rien de tout à fait volontaire.

Chaque fleuve qu'elle franchit rapproche les montagnes et espace les villes. Les droites se courbent, les journées s'allongent – tout, peu à peu, devient orbe, quand la présence humaine s'amenuise. Elle bifurque au hasard, attirée par l'éclat d'un hangar, l'inclinaison d'un arbre, les allitérations d'un toponyme. La voiture peine à se hisser en haut des crêtes, ne connaît pas les pentes longues et lentes, habituée des tourbières, des falaises, des landes qui n'ondulent qu'à peine, alors que voici l'entrée dans une région dépeuplée et plissée, creusée de vallées profondes surplombées de plateaux. Une descente interminable, les hachures bleues et blanches, à gauche une fois, à gauche deux fois, gauche encore, trente et une gauches et elle ne compte plus, frein moteur, et le tournis, le torrent dans la gorge, les cimes, quelques toits, un village.

3.

Assise sur un affleurement rocheux, elle contemple les failles et les reliefs du massif calcaire qui déploie ses plis et ses drapés jusqu'aux courbes bleutées de l'horizon. À quelques pas d'elle, le haut plateau s'arrête brusquement et chute dans la vallée que son à-pic surplombe. Si elle se penchait, elle n'apercevrait que les plumets disparates du buis ébouriffé au sommet des lapiaz que l'érosion a sculptés à mi-hauteur du mur. Dans son dos, les ondulations dorées de la prairie sont parsemées de roches égaillées, nageoires dorsales de monstres jurassiques et golems dolomitiques qui s'abreuvent la nuit à l'eau boueuse des dolines. Plus loin, les gorges qui enserrent le haut plateau par le nord et le sud sont trop étroites pour que l'on puisse distinguer les méandres argentés de l'eau qui les creuse ; l'étiage réduit leur chant à un murmure. Elle songe aux notions qui lui manquent pour établir l'orographie du paysage : elle confond synclinal et anticlinal, ubac et adret, ne sait nommer que la couleur, la lumière, l'odeur. Les formes et la structure de la montagne lui échappent et les vagues de chaleur l'endorment. Le matin bruyant du village massé sur la fourche de la rivière s'éloigne déjà de sa mémoire, dans son sillage s'estompent ses places aux marronniers maladifs, ses exclamations de badauds, ses vitrines de viande sèche suspendue en guirlandes au-dessus de bocaux de pâté lourd d'exhausteurs.

Dans ce village, elle s'est arrêtée quelques jours pour la première fois. Il y avait eu tellement de kilomètres, de nationales, de grands champs cultivés – la terre nue et dure qui fend, le rouge orangé des herbes brûlées à l'acide, les vergers couverts de filets, et pas une branche pour les oiseaux. Puis les lacs et les forêts, avec leurs cris de loirs la nuit, près d'anciens viaducs de chemin de fer rouillés qui relient les collines vertes, et la route montait toujours, les forêts de châtaigniers remplaçaient les alignements de conifères, les espaces s'ouvraient : prairies dorées tachées de blanc et rose par les orchis, murets de pierres sèches, villages aux toits de lauzes qui enjambent les rivières devenues torrents. Elle arrêtait sans cesse la voiture pour descendre humer l'air tiède chargé de pollen et c'est comme si, le long de la piste, tout gagnait en substance.

Après la longue descente vers le village, la pulsion qui la pousse à fuir toujours plus loin le vide qui l'habite s'est apaisée sans qu'elle le remarque. Quelques jours de trêve, sans penser à partir, au pied de la falaise qui projetait son ombre sur les maisons dès la fin de l'après-midi. Abrupte, comme un mur, et ses yeux ne s'en sont pas détachés, l'esprit accroché – là-haut.

Pas de précipice derrière le sommet, mais un espace abandonné en hauteur, circonscrit par les gorges, le mur en est la seule porte d'entrée. L'idée de ce plateau haut perché l'a obsédée tout de suite, la pensée d'un désert qui se déploie au-dessus des hommes, de leurs routes et de leurs villages, et que tout le monde a fui, par manque d'eau, de patience, d'âpreté. Il fallait qu'elle y grimpe, mais elle a erré plusieurs jours sur les pierres plates des rives, à observer les gerris et les adolescents qui profitaient de la fraîcheur de l'eau, s'est promenée sans but dans les ruelles ombragées où se réfugiaient les vieilles, avant de pouvoir se décider à conduire jusque-là.

La départementale, qui gravit la falaise à l'endroit où elle est la plus escarpée, n'était pas visible depuis le village dans la vallée. Lorsqu'elle l'a empruntée, des Caterpillar jaunes étaient alignés le long de la paroi rocheuse, peu avant le premier lacet. Les ouvriers avaient dû interrompre les travaux de réfection avant l'été. Ils avaient tranché à vif dans le roc pour élargir la voie et arraché le vieil asphalte fissuré et rassurant. Les plantes en bordure de chaussée étaient recouvertes d'une poudre blanche asphyxiante que ses roues avaient soulevée de la castine damée, et qui colle encore à la pellicule de sueur sur ses bras et son visage. Le bas-côté et la glissière de sécurité qui auraient pu donner une sensation illusoire de barrage contre l'appel du vide ont été arasés par les engins, mais le vertige n'a pas empêché son ascension vers le plateau. Elle a progressé lentement, négociant les lacets serrés l'un après l'autre, évitant de regarder en contrebas, réservant la contemplation du paysage pour l'arrivée, le regard rivé à la paroi et au gravier. Par chance, elle n'a croisé aucun autre véhicule. Au sommet, elle a garé la voiture sur un parking en terre battue et est restée accrochée un moment au volant, les jambes tremblantes, les jointures blanchies par la tension accumulée pendant la montée. Les pancartes plantées à la lisière d'une immensité déserte annonçaient des départs de randonnées et de via ferrata, mais la couche de poussière et de lichen qui les tapissait en a découragé la lecture – le dérisoire pastel des cartes et illustrations botaniques aux couleurs passées juxtaposé à la vive luminosité du paysage.

L'ombre fugace d'un rapace qui plane dans le bleu passe sur son visage et la tire de la somnolence heureuse qui la gagne depuis qu'elle s'est extraite de la voiture. Lorsqu'elle s'étire, la masse qui pèse sur son sternum se fissure un peu dans un craquement douloureux. Les mains crochées sur les orteils, les jambes font bloc, fibres raides et serrées qui brûlent dans un bain d'acide. Les aiguilles des genévriers piquent la pulpe de ses doigts quand, sur le chemin du retour, elle cueille quelques-unes de leurs baies immatures. Un noir aux reflets bleus, le poivre et le camphre sur la langue, un bain de salive, de l'énergie pure qui fouette l'esprit.

Dans la fournaise de l'habitacle, le réel vacille : la sueur qui coule dans les cils et noie le regard, l'odeur acide du plastique chaud, le silence des cigales absentes, les bourdonnements de l'air dilaté. Elle conduit doucement, les vitres grandes ouvertes, sur la route qui traverse le plateau karstique. Aucune intersection, excepté quelques chemins de terre bordés de frênes séculaires qui mènent à d'anciens corps de ferme aux volets clos. Le ciel dévore les collines et les vautours moines s'agglutinent en colonies à leurs sommets. Dans les pâturages délaissés par les éleveurs, quelques troupeaux d'ovins et de chevaux nains abandonnés à une vie sauvage doivent encore vaguer, puisque les broussailles de prunelliers et d'amélanchiers n'ont pas envahi les prairies. Les chardons bleus que les animaux dédaignent se dressent parmi les herbes et les fleurs, leurs boules duveteuses sont couvertes de minuscules papillons que la vibration du moteur fait décoller en nuées orange.

Un hameau dépeuplé qui se réduit à une poignée de constructions basses en pierres sèches forme une sorte de rose des vents à la croisée des routes. La dissémination anarchique des habitations devant l'église ne propose ni ruelles ni placette, mais évoque plutôt le désordre de la sénilité. Elle gare la voiture le long du muret qui entoure le cimetière, rempart dressé entre la terre consacrée et les étendues jaunes et désertes qui la bordent, attirée par le bruit répété d'une plaque funéraire battant au vent contre une croix métallique. Entre les tombes, un couple âgé transporte des jerricans d'eau puis disparaît dans l'église. Mortelles et insolentes, les fleurs fraîches auxquelles ils n'ont pas renoncé jurent parmi leurs sœurs de faïence et de plastique. L'église est froide et dépouillée, sans aucune odeur d'humidité ni de poussière, une hirondelle s'égare entre les poutres et pousse des cris perçants. Le couple se recueille, il n'y a pour ornementation que deux statues, en bois peint. L'homme est aussi grand que sa compagne est petite et bossue : elle, brune et les yeux enfoncés, lui, chenu aux yeux écarquillés. Alors qu'ils l'aperçoivent, le vieux lui indique un panonceau informatif accroché sous le porche. « Regardez jeune fille, Notre Saint fut martyrisé, crucifié en haut de la colline… – Pas du tout. (La vieille interrompt et corrige.) On ne sait pas au juste ce qu'ils lui ont fait. C'étaient les Romains. Ou plutôt les Alamans. Des barbares. Il y en a toujours des barbares. Tenez, hier, l'explosion, tous ces morts, c'est affreux. » Le vieux reprend : « Notre village, il est joli non, notre village, dans les gorges ? Vous y êtes passée ? Vous venez d'ailleurs : c'est beau, par chez vous. Notez, je n'y suis jamais allé. » Une pause. « Mais c'est beau, aussi. » Elle ne comprend pas grand-chose à leurs élucubrations, acquiesce par politesse ou par sympathie – elle n'a jamais su comment se comporter avec les personnes âgées. Quand elle sort de l'église, ils ont disparu. Elle n'a vu aucun véhicule en arrivant ni entendu de bruit de moteur. Elle fait le tour du village, mais ne les aperçoit nulle part et, alors qu'aucune brise n'allège l'air brûlant, elle recueille une plume de grand-duc qui a voleté sur le capot de la voiture. Rémige, barbes rousses et noires, couleurs d'automne, odeur de nuit, trésor d'Indien, que la mémoire envoie auprès des corneilles et des pétrels.

Elle roule encore, quitte l'axe est-ouest pour obliquer vers le sud du plateau. Un chemin de terre s'égare dans une prairie fleurie, les barbelés sont absents, les piquets de clôture penchés sur l'herbe surgissent parfois, décorés de résidus effilochés de plastiques orange ou bleus, de poils de brebis, de ronces sèches. La voiture bringuebalée dodeline sur les ornières anciennes et les nids-de-poule, la piste creusée par les tracteurs n'a pas été lissée par le temps. L'humus tassé sur la roche qui affleure ne se reconstituera pas avant plusieurs siècles et les traces parallèles perdureront comme celles imprimées par les chariots dans la poussière des déserts de Mojave et de Sonora, des pistes depuis longtemps abandonnées, bordées de pétroglyphes et d'os blanchis d'outlaws assoiffés, et que des heures de lecture et de rêveries ont gravées dans son imaginaire. La piste réelle, celle du présent, de la voiture et du plateau, enjambe une butte avant de disparaître dans les prunelliers et d'emporter dans son sillage les derniers relents de l'agitation du monde, pour les attirer dans une combe où leurs reliefs seront engloutis et se tairont enfin. À l'ombre de la calandre, elle somnole, assommée par la chaleur, mais la danse des bombyles au duvet doré empêche par ses saccades la monotonie des instants. Étranges petites mouches-colibris, à l'éperon sucré par les bulles de nectar, qu'elle peut observer sans ennui, comme elle suit aussi le long trajet d'une fourmi qui rapporte son trophée protéiné de mouche sèche à l'entrée de la fourmilière en contournant les miettes de pierre à reculons. Les heures passent doucement dans cette méditation contemplative qui saute d'un insecte à l'autre, jusqu'à la tombée de la nuit.

S'élève alors le chant du jour qui s'en va ; concert d'oiseaux, le ciel rougeoie (une grande flamme) ; viennent les engoulevents, la lune absente, noire & nouvelle, les parfums rassérénants de la nuit qui naît : odeurs légères qui craquellent et s'entrouvrent à peine. Dans un cercle de pierres, elle jette une allumette, les branchages de genévriers secs s'enflamment rapidement, bientôt des braises, la fumée résineuse atteint presque la Voie lactée – elle rêve. Les étoiles clignent, des constellations innommées naissent et meurent sous ses yeux, elle les déplace du bout des doigts, les invente comme des nuages, dessine ses augures avec les milliers d'astres qui brillent ce soir : que vivent trois corneilles, que dansent les hiboux, que les vagues déplacent les galaxies, que j'y jette les pierres qui me lestent, que je saigne mes peurs sur le ciel. Venue de plus loin que la nuit, une forme de paix la submerge.

L'humidité de l'aube se dépose sur ses épaules, à l'heure fraîche et pâle où le corps résiste à l'éveil. Elle s'accroche en vain au sommeil, trop de blancheur à l'horizon et de rosée dans les herbes, elle voudrait attendre le soleil, mais le froid s'installe, elle a dispersé les braises avant de s'endormir au bord du foyer, il lui faudrait un café, mais elle est seule au milieu de nulle part. Alors elle se lève et se défroisse, engourdie. Sa robe de coton humide lui colle au dos et aux cuisses, elle l'enlève en grelottant et la lance sous la voiture pour marcher nue dans la prairie, en évitant les chardons que le matin fait argentés dans l'or clair des graminées. L'aurore qui tardait poudre enfin le ciel et les fils de la vierge qui se balancent entre les arbustes la fragmentent en arcs-en-ciel infimes. Les pieds mouillés et gelés, elle avance dans l'herbe, stupéfaite et émue par sa nudité, l'immensité qui l'entoure, la douceur de l'air qui se réchauffe déjà, la pâleur de sa peau, le froissé des fleurs encore closes, le silence du matin. Elle suit le tracé courbe d'une sente qui traverse la prairie et s'enfonce à travers un bosquet de buis. La piste bifurque vers des épines infranchissables ; devant, le sol dégringole en pierrier. À hauteur d'œil, les branches hautes d'un érable dépassent d'une dépression circulaire qui semble avoir été renfoncée dans la terre par le doigt d'un géant. Il faudrait s'aplatir au sol et s'avancer sur les coudes jusqu'au bord du petit précipice pour en voir le fond (romantique contemplant le vide) ; le vertige la retient, pourtant l'odeur d'humus et de résine qui émane du gouffre l'attire ; plutôt descendre avec précaution le pierrier que d'osciller à son sommet.

En bas, le jour n'a pas lieu. De la mousse recouvre les troncs des érables et des alisiers, la seule lumière qui filtre teinte de vert l'obscurité, le règne végétal l'emporte sans autres concessions qu'un grouillement larvaire sous les sphaignes, quelques nids d'araignées dans les écorces, une pyrale égarée qui tente de rejoindre le bleu du ciel. Une fente perce la base de la paroi, rictus d'une bouche figée. Elle s'agenouille puis pénètre à l'intérieur, les mains et les pieds s'agrippent aux pierres du sol, marche quadrupède, le dos parfois frotte sur la roche au-dessus. Il faut descendre, suivre le sol qui s'enfonce. L'air est frais et humide, la chaleur de l'extérieur encore proche. Elle se retourne et aperçoit la fente déjà réduite, entre bleu et blanc – la lumière qui filtre entre les persiennes un après-midi d'été, les yeux à peine entrouverts regardent le ciel derrière les doigts écartés. Une fissure dans le plafond, posture debout, montagne érigée sous la montagne, arbre sous terre. Bras écartés, ses mains touchent la paroi. Pas de bruits. Elle ira plus loin, descendra plus profond, jusqu'à ce que la fente blanche derrière elle disparaisse. Le tunnel est large sans être haut. Le sol, couvert d'une boue humide, souillé de branchages, se modifie. Des troncs-arêtes sont coincés en travers de la gorge, boyaux de chats qui suturent les parois. Le rocher mouillé glisse, cela suinte. Des flaques, parfois. Le cœur serré, une pluie en pensée, une rivière qui gonfle.

Elle s'engouffre au plus loin entre les roches, sous le plateau. Une conscience aiguë des strates géologiques, solides, au-dessus, de la pression du plafond qui ne s'effondre pas mais qui écrase par sa présence monumentale, l'incite à craindre le retour plus que la progression. Les siècles pèsent sur le dos, compacts et calcifiés, l'asphyxient presque lorsqu'elle les imagine. Ainsi, l'impossibilité d'envisager l'incommensurable verticalité qui la comprime et l'accable facilite la pénétration plus avant, plus profond, sur la pente douce suggérée par l'unique galerie praticable. Lorsqu'elle atteint une salle immense que rien ne laissait présager, percée de tunnels étroits à des hauteurs inaccessibles pour elle, elle ferme les yeux et tourne sur elle-même. Dans l'obscurité, elle se désoriente par jeu. La distance déjà parcourue sous terre n'offrait aucun choix, une ligne sinueuse faite de marche et de reptation, de descente sans bifurcations. Pourtant, dans cette salle aux dimensions fantastiques, irréelles, le boyau par lequel son corps s'est faufilé pour arriver jusqu'ici paraît avoir rétréci et disparaît presque, en une à peine embrasure au ras du sol. Réaliser que le demi-tour impliquerait de se baisser de nouveau, de progresser avec les épaules qui raclent le plafond, qu'elle ne pourra pas sortir en courant, qu'il faudra accepter de se glisser à nouveau sous la roche dans ce trou noir par lequel elle est arrivée, est un poids qui s'ajoute à celui de la voûte. Face à la vastitude imprévue, le déplacement courbé devient torture à rebours. L'impression la saisit que la terre l'avale et la nasse, que les profondeurs insondables la retiendront captive dans leurs glaises, que chaque fraction parcourue se resserre derrière elle, plus exiguë, plus encombrée de limons. Une peur d'orage, une rivière de boue, les tempes palpitent, les jambes flanchent. Équilibre précaire.

Alors, écraser des mains les sédiments qui couvrent le sol rocheux. Se déplacer comme un animal. Épouser les courbes, les anfractuosités. Oublier l'extérieur, s'immiscer au centre, au plus profond, loin de la chaleur, de la lumière, de la touffeur, en un endroit où la température ne varie jamais. Revenir à l'origine, aux reliefs sur les parois, aux orgues qui surplombent les goulets. Se laisser couler. Ses mains embrassent l'obscurité. Absorbent les matières. Différencient le grain des roches, les aspérités, les arêtes, le tranchant des épieux de bois qui dépassent de la boue douce et granuleuse. Nue, sous la montagne, l'âme débarrassée de la surface, elle s'enfonce encore, avec l'impression de revenir sur ses pas, des pas oubliés il y a un temps infini. Elle ne croit plus à la fente de lumière abandonnée depuis ce qui semble des heures.

Elle désescalade des roches rondes qui dégringolent vers les profondeurs et doit étirer son corps pour atteindre les prises les plus éloignées. Ses bras se tendent, ses côtes s'écartent. Une douleur légère dans le flan : de l'espace pour le souffle, les doigts qui accrochent et les jambes qui s'allongent. Après l'éboulis, un boyau court débouche sur une salle circulaire. Un banc de limon descend en pente douce vers une rivière souterraine, le bleu laiteux de l'eau est immobile. La rivière disparaît sous une voûte basse. Elle pourrait plonger pour s'engouffrer plus loin sous terre, se laisser couler au fond de l'eau, être précipitée en cascade dans des caves aux proportions démesurées, s'amenuiser pour s'écouler dans les interstices des tunnels inexplorés, patienter en flaque boueuse les étés de sécheresse & enfler l'automne en crue purificatrice et propitiatoire pour apaiser le courroux des montagnes encombrées d'os de rongeurs & de pluies acides. Ses printemps seraient argentés et cristallins, elle chanterait entre les racines des saules pleureurs, baignerait les orties et arracherait les lys blancs et les boutons d'or à leurs tiges. Elle attend la liquéfaction ; or demeure solide. Elle s'agenouille et recueille l'eau dans le bol de ses mains, le goût boueux et calcaire lisse les creux et les bosses de sa langue. Elle enfonce les bras dans la rivière jusqu'aux épaules, le courant est trop faible pour qu'elle appuie les paumes contre l'eau. Ses doigts écartés ne rencontrent aucune résistance. Sous la surface ils grossissent et raccourcissent, troubles malgré la transparence de l'eau.

La goutte à la pointe d'une stalactite gonfle et chute dans la rivière – régularité d'un bruit dans le silence. Ses mains mouillées passent sur son visage, ses doigts glissent sur ses yeux et ses lèvres, sur ses oreilles, dans ses cheveux, descendent le long de sa nuque. Leur parcours froid dessine un chemin de frissons. Elle immerge ses pieds et les masse sous l'eau, la boue et les fragments de bois agglutinés lors de la marche souterraine se décollent et disparaissent avec le courant sous la voûte. Le froid la gifle lorsqu'elle s'accroupit doucement dans la rivière. Les muscles contractés, il faut se concentrer pour respirer. Elle plonge le visage dans l'eau. Un choc bleu sur les paupières – puis l'obscurité. Le sang dans les tympans, le rebond de la goutte sur la surface tendue de l'eau – deux pulsations, deux lumières, des oscillations. Deux étoiles qui naissent et meurent une fois par seconde, qui annihilent la gravité. Les genoux contre le cœur, elle flotte dans l'univers noir du centre de la montagne. Autour d'elle, des bulles irisées éclatent quand elles se frôlent. Les deux pulsations rythment l'apparition des bulles et les repoussent comme des aimants aux pôles opposés. Elle les recueille et les tresse en guirlandes dorées dont elle se coiffe. L'eau entre dans ses oreilles et ses narines. Dans le néant, elle est caverne.

Elle oublie son prénom, mais elle ne se noie pas. Elle s'arrache à l'eau glacée, elle grelotte, le bleu des lèvres comme celui des yeux. À quatre pattes sur le limon, et le corps hors de contrôle. Elle se lève et chancelle. Tombe. Se relève, s'appuie sur la paroi. Les dents qui s'entrechoquent, un nouveau rythme, un son auquel s'accrocher pour tenir debout. À grandes gifles, elle se frappe les bras, le sternum, le ventre, les fesses, les cuisses. Elle frappe le sol avec les pieds. Elle foule le limon, elle rebondit, les paupières closes, elle écoute ses dents, son torse est une transe désordonnée, elle ne sait plus où sont ses jambes, elle se cogne, son bassin est un pendule. Elle est articulations & cœur & peau & sang. Elle est femme-qui-danse-sous-la-montagne.

La danse s'étend sans trêve à toutes les profondeurs de la grotte en une spirale infinie qui décolle les lambeaux de peur, pulvérise les pierres du plexus, dénoue les entrailles. Une chose se brise ; une se résorbe ; une encore éclot. Ce qui fourmille se rassemble et s'écoule. De son centre naissent des filaments électriques, une méduse qui lui flagelle les reins et les flancs. Pourtant, folle, elle danse, danse & tournoie, le prénom oublié, l'identité dépouillée et resserrée en une petite masse ronde et dense qui pulse au cœur de la montagne, la puissance du corps déployée dans la colère de la transse qui surpasse l'épuisement d'être fractions, depuis trop longtemps fractions et dispersion.

Plus tard, l'extérieur, et elle ne se souviendra pas du retour à l'air libre. Le bleu du ciel a foncé dans la fente entrouverte, l'ombre de l'après-midi a envahi l'aven. Au sommet, la chaleur l'essouffle ; sous la lumière aveuglante, la prairie est un mirage. Pierres sèches. Herbes courtes. Épines, désert, insectes, le soleil blanc. Elle marche nue, encore.

Poisseux, le sang envahit l'espace étroit entre ses orteils. Chaleur et viscosité le long de ses jambes. Elle écrase une fragile coquille d'escargot. Dégoût violent. Le pied raclé sur l'arête d'une pierre pour se débarrasser des fragments de calcium, matières gluantes, résidus de vie noirâtres. Ses pieds laissent des traces de sang derrière elle. Cela coule par paquets épais qu'elle pourrait presque retenir. (Contractions pelviennes, efficaces quelques secondes.) Les traînées chaudes qui sortent d'elle sont désagréables élastiques collantes. Elle imagine des chacals suivre sa trace. Une file indienne d'animaux sauvages, truffes au sol, bourdonnements, reptations, canidés, félins, plantigrades, diptères, charognards. Leurs souffles chauds sur ses mollets, l'ombre de leurs ailes, les piqûres dans les plis de son aine. Elle se retourne pour annihiler leur existence, faire disparaître d'un cillement leur possibilité. Le regard au loin, vers les crêtes, les lignes pourpres, le silence.

Les crampes la freinent. Il faudrait s'extraire de la douleur, tracer des courbes, analyser les pics et les creux. Roulée en boule dans l'herbe rase, la respiration rauque, elle gémit. Irradiée et envahie. Nausée, l'esprit lâche. Elle est pierre ciel griffure d'herbe souffle point centre attente ailleurs – rien.

Au matin, le sang séché tiraille la peau de ses jambes, les tiges des graminées ont laissé des stries désordonnées sur son dos et ses flancs, les irrégularités du sol ont meurtri ses épaules et ses hanches, les graines d'aigremoine crochetées à ses cheveux tracent des guirlandes brouillonnes. Ses mains glissent entre ses cuisses et tâtonnent dans la moiteur poisseuse qui y règne, les fluides secs accrochés à un désordre de poils, la douceur glissante des plis écartés d'un doigt, l'humidité rassurante de son centre, les aspérités granuleuses et l'élasticité de ses muscles qui se resserrent autour de ses doigts. D'un pouce, elle éveille son corps en dessinant des cercles concentriques sur sa vulve gonflée. Spirales d'influx nerveux, fusion électrique qui brûle et irradie, l'univers vibre, un monde explose. Elle tremble – tout se fige. Quand elle se lève et s'étire, elle est arc œil douceur rosée peau & marche.

Elle retourne sur ses pas de la veille, s'égratigne sur une aubépine, vent frais, frissons, foulée légère. Enfile la robe froissée lancée sous la voiture. Les portières et les fenêtres grandes ouvertes, la clé dans le contacteur. Elle démarre. Les cahots dans les ornières herbeuses, le bitume craquelé réapparaît, puis un ruban noir et lisse, la bande blanche centrale, l'autoroute, un trait danger deux traits sécurité, elle compte : Mississippi one, Mississippi two. Tout le monde la double. Derrière, dans le lointain, une partie d'elle danse encore sous une montagne.

Combien de jours, de semaines, depuis la nuit sur le phare ? La question n'a pas cessé de revenir, mais la réponse s'échappe et perd de sa substance, dispersée dans la traînée de la voiture – la queue d'une comète, des particules de doutes, vapeurs, poussières, diluées dans son sillage. Depuis le haut plateau et sa fournaise, l'habitacle, qui était devenu si familier, si intégré, la gêne comme une carapace trop étroite. La danse au plus profond de l'aven l'habite encore, elle ondule en pensée, étire ses poignets en cercles au-dessus du volant, et le bleu éclatant du ciel l'émerveille. Elle fourmille et ses jambes n'en peuvent plus d'être pliées ni ses chevilles tendues sur les pédales. Le moteur et les vitres ouvertes sont trop bruyants pour les voix des oiseaux et du vent ou les vrombissements des insectes, la voiture trop rapide pour distinguer les arbres les uns des autres, les angles en plastique cachent la lune la nuit. Sur le tableau de bord, la plume de grand-duc oscille dans l'air pulsé, en rappel de ce qui la pousse à avancer encore, à mettre plus d'écart entre elle et la suffocation des journées longues et froides, les araignées et les siphons. Elle ne veut plus de ces soirs sur les parkings déserts ou dans les motels, de ces réveils désorientés, sueurs froides, yeux gonflés, un quart de tour dans le contacteur, trop de solitude, trop d'oiseaux écrasés, de belettes, de martres douces et vives, puis raides, tachées.

Elle se gare à un péage et glisse au hasard dans le sac en toile couverture, herbier, plumes, foulard, robes en coton, porte-monnaie, couteau, la liasse de billets. L'abandon du reste ravira les pilleurs d'épaves, elle ne leur laisse pas la clé, un lancer vers le fossé pour marquer d'un bout de métal et de plastique le point de non-retour. Quelques voitures familiales se sont arrêtées pour la pression des pneus, les sandwichs et le thermos, des enfants excités, un passage aux toilettes ou une clope vite fumée. Elle se rapproche d'une berline, tapote au carreau, sourit et prononce une phrase maladroite qui lui ouvre la portière. Une petite fille aux yeux écarquillés est installée avec elle sur la banquette arrière, elle voudrait lui parler ou lui donner quelque chose, mais rien ne vient alors elle sourit à l'enfant qui tourne la tête, intimidée. Le père claque le coffre, la mère vérifie les ceintures, la berline démarre. Voici Avril, elle a quatre ans, son papa est guitariste, on profite de la tournée pour prendre des vacances en famille, quitter la capitale une semaine ou deux, je travaille dans une agence de voyages, j'arrête à la rentrée les tailleurs les dents blanches les cheveux tirés en chignons, je vais bientôt suivre une formation de maroquinerie, j'apprendrai les sacs, les gants, les selles, pour le luxe. Par la fenêtre, le paysage défile, plus personne ne les double, le guitariste roule vite.

4.

Les traits du type ont disparu, elle a sauté de voiture en voiture.

Il l'avait prise en stop quelques jours plus tôt, plusieurs dizaines de kilomètres avant une ville réputée belle et ancienne. Elle a en tête une route départementale, les abords ternes d'une bourgade pavillonnaire, pas si fleurie malgré les trois fleurs rouges de la pancarte, un Sud aussi triste que le Nord, les mêmes cités-dortoirs avec moins d'étages, les tuiles, les enduits roses ou jaunes et, plus écrasés par le soleil, les gens. Un matin, pas grand monde, une aire de stationnement le long de la route, et pas loin d'elle le garage Pneumaster ou quelque chose comme ça. Quelqu'un lors de la fraction de trajet précédente avait évoqué le village du melon qui ne cultive que des pommes puis il y avait eu ce type et sa voiture anonyme. Dans sa mémoire il a les cheveux courts, coupe militaire grise, la mâchoire carrée, des muscles du genre qui soulèvent de la fonte dans le garage et un tee-shirt qui moule les biceps. Peut-être les avant-bras tatoués, style prison. Un boulot de nuit – il en sortait et c'était l'aube – dans la manutention, un entrepôt (elle croit). Il avait dépassé la ville ancienne, un détour pour l'avancer. Un aqueduc romain était fléché sur la droite, elle guettait son apparition, mais rien : après des kilomètres de vignes et d'une terre sèche, la vallée était simplement devenue plus verte. Une route ponctuée par les panneaux marron des curiosités régionales et des monuments historiques, prochaine sortie, Petite Cité de caractère, patrimoine culturel, itinéraire touristique, le défilé de camping-cars. L'aqueduc romain, si proche – dommage. Le type s'était arrêté sur une aire de repos, cette fois le souvenir est net : aussitôt après cela avait été une ancienne libraire qui amenait à la plage ses deux enfants et qui l'avait déposée juste avant une grosse agglomération. Mais la tête du type reste floue, son job aussi. Est-ce lui qui avait vidé toutes les poubelles du patelin, avant ? Ou elle ?

À la sortie de la zone artisanale, c'était un Euromaster dans la rue de la Libération, le détail revient quand elle se concentre. Le jour suivant, elle avait passé la nuit dans un hameau, écrit un poème au dos d'une carte postale portuaire achetée sur le ferry le jour du départ. La carte était décolorée et cornée d'avoir traîné longtemps sur le tableau de bord puis dans le sac en toile, elle lui avait rappelé les promenades désœuvrées en ville, il avait fallu qu'elle y note ces quelques phrases vacillantes sur les odeurs de garrigue et les notes balsamiques de l'air sec, des mots qui l'obsédaient. Au café, une inconnue l'avait abordée, elles avaient souri, échangé quelques mots, quelques heures, et au début les phrases avaient buté sur ses lèvres.

Sa parole s'était raréfiée, limitée aux banalités d'usages échangées avec les employés des motels, des cafés, des commerces. Elle s'était autant déshabituée à parler qu'à penser de façon cohérente. Avec les petits vieux de l'église, elle n'avait rien dit, à peine esquissé une réponse. Cela avait commencé à revenir avec les conducteurs qui partageaient leurs voitures pour quelques dizaines de kilomètres, mais là encore, elle parlait peu, quelques phrases vagues du bout des lèvres, des sourires, rien pour relancer l'échange. Ce qu'elle disait, avant le départ – elle ne savait plus. Avec l'homme, à la fin, elle se taisait le plus possible, parce qu'elle n'arrivait pas à se concentrer sur une discussion. Si elle s'efforçait de donner le change, ses mots tombaient toujours à côté – des boules de papier froissé qu'on lance vers la corbeille à l'autre bout de la pièce sans vraiment croire que marquer un panier est possible. La pesanteur de l'appartement étouffait les mots qu'il lui adressait, elle ne les entendait pas vraiment ou plutôt ils n'arrivaient pas à l'atteindre, pareils aux sons que l'on perçoit dans les instants de somnolence lorsque des gens parlent dans la pièce voisine et qui ne revêtent aucune signification. Mais depuis la transe de la danse et le prénom oublié sous la montagne, depuis la réalité du sang sur ses cuisses et les herbes sèches du haut plateau, les phrases gagnent en consistance. Les phrases, les voix, les visages. Elle peut presque les atteindre. Ces voix qui lui parlent, de femmes ou d'hommes, même lorsqu'elle ne leur répond pas, elle ne peut plus s'extraire – liée, attachée au corps, aux sensations. Elle ne pense pas, ne formule pas, mais les choses sont présentes – elle est là parmi elles.

La jeune femme du café avait voulu lui présenter son pays, les vieilles pierres, les amis, les ruelles et le massif couvert de vignes, de cistes et de chênes courbés par l'aridité. Il y avait eu la montée d'un col, un village de montagne, les champs de lavande d'un propriétaire terrien dit avide, les joints fumés chez un ami de la jeune femme qui jouait avec des capsules de bière (un facteur, elle croit, et elle se souvient aussi d'une histoire de chat – un gris errant). Du retour, persistent la traversée d'une ruine dans l'obscurité (le bond d'un renard sur une route sombre), la nuit dans l'appartement de la jeune femme, un rez-de-chaussée qui ressemblait à un garage avec une vieille dame dans un lit médical à l'entrée, et la gêne avec laquelle elle lui avait été présentée. Elles avaient avalé des farfalles accompagnées d'un reste de sauce réchauffé au micro-ondes, la vieille femme parlait à grand-peine dans une langue étrangère, derrière son lit leur table semblait triste. Elle avait dormi au sol dans l'unique chambre, y avait oublié un foulard.

Dans le village montagnard, après le facteur, elles étaient entrées dans la maison voisine qui rassemblait une fille et sa mère, une Anglaise, un Indien solitaire, de l'eau gazeuse, quelques souvenirs qui n'étaient pas les siens échangés par ces silhouettes de vivants, avant le retour vers le parking silencieux, à la grand-mère, à son lit médical, à cette nuit engloutie sur une chauffeuse en mousse. L'ensemble – le village au milieu de la lavande, les jeux à boire et le chat errant, le renard sur la chaussée, le lit médical de la grand-mère – avait constitué une journée étrange. Elle a oublié le pneu crevé et la pétanque sur le bas-côté.

Les souvenirs sont proches mais s'estompent déjà, télescopés les uns dans les autres par les journées saturées de jonctions, d'entraperçus, de coups de chance et de campagnes brûlées. Les visages se succèdent en éclairs, les enseignes des pharmacies indiquent que la température de l'air augmente, cela sent la gomme dans les virages et le bitume luit. Elle brouille sa piste en laissant la rencontre d'odeurs, de paysages ou de signes influer sur l'orientation de ses déplacements, bien que personne, sans doute, ne la suive ni que rien de ce qu'elle a laissé derrière elle ne la rattrape. Il lui paraît nécessaire de ne pas mémoriser son itinéraire en termes d'axes, de villes ou de frontières, de ne pas céder à l'habitude de la cartographie, de façon à oblitérer l'idée d'une voie ou d'un plan par la pensée d'un espace infini où elle navigue, par la mémoire corporelle de durées et d'atmosphères.

Elle a dépassé la dernière ville dans un fourgon déglingué qui sent le rance, les nuits courtes. L'homme au volant a sommeil. Elle l'a intercepté au milieu d'un aller-retour – départ à l'aube en voiture, bricolage dans le moteur du fourgon de sa gamine en rade, retour avec l'engin dépanné. La gamine a gardé la voiture. Huit cents kilomètres imbibés de café. C'est dimanche après-midi, le soleil cogne sur les embouteillages, l'autoradio crache un son crade enregistré en festival. L'homme a bossé toute sa vie sur des bateaux, son dos est bousillé. Un accident, ou l'usure. Elle ne sait plus, il parle et elle divague un peu, la mer est si loin, elle a oublié l'iode, la bruyère et les ajoncs, la houle qui berçait ses nuits quand son lit tanguait et qu'elle chavirait, la bouche ouverte pour avaler les tempêtes, son sang une marée. Son corps marin a été envahi par les massifs calcaires, le sel chassé par la sauge et la résine, les rivages connus maintenus à distance par ses circonvolutions. L'homme raconte encore, le port, la haute mer, le labeur, la faute à pas de chance, les images qui naissent de sa voix forment un film, elle voudrait les collectionner, les ajouter à toutes celles qu'on lui offre, à chaque fraction de trajet. Le dos en moins, il installe les filets pour les élevages de poissons. Son ancien patron a fait faillite, le nouveau : un con qui ne connaît pas le métier. Sans investissements, le bateau tombe en ruine, il y a eu un accrochage la semaine dernière. Là aussi, ça sent la fin. Alors, partir avec le fourgon avant de se faire virer une nouvelle fois, au lieu d'attendre la retraite. Quelques dizaines de milliers de kilomètres de route, les plages de l'Asie du Sud-Est, la musique, la chaleur, plus d'emmerdes – rester ici, pour quoi ? Sa fille vit à la maison, encore un peu, un an. Partir vraiment, tout lâcher, allez, dans un mois, il pourrait.

La gamine est grande. Il faut juste attendre quelques jours, voir ce que devient cette histoire d'accrochage, l'assurance, la responsabilité civile. L'Asie du Sud-Est, c'est une idée. Ça pourrait aussi être la Mongolie, les steppes, les herbes hautes qui ploient sous le vent, les collines découpées par les ombres des nuages et le vol des rapaces. L'homme choisira plus tard. Il retape le fourgon d'abord. Cet été, il ira à un festival sympa sur la côte, il écoute les mêmes groupes que sa fille.

C'est ça qui revient, chaque fois qu'ils lui parlent. Leur travail qui n'a plus de sens, le mur qu'on va se prendre. Faudrait savoir sauter, ou partir. Quand ce n'est pas le travail, c'est leur passé qui s'accroche, les misères, les galères, les violences subies. L'intervalle pendant lequel ils se confient, où ils rêvent, alignent les si. Face à l'errance, au sac en bandoulière, à l'absence de parois métalliques autour de son corps de femme qui avance le long de la route, face à *cette peau qui abrite si peu cette absence de douane entre le corps et le monde*, face au miroir d'un autre insignifiant qui n'existera plus dans quelques kilomètres, dans cet instant qui ne dure pas, qui est comme suspendu, qui crée un espace hors – du temps, du quotidien, de la solitude, des proches : les mots qui déferlent, qui situent, qui justifient. Les confidences. Les colères. – Depuis que je travaille à l'abattoir, je suis végétarienne. – Mes parents ont brûlé quand le moteur de leur bateau a explosé, j'ai rendez-vous avec l'expert de l'assurance, ils attendent leur greffe de peau à l'hôpital. – Mon beau-père a violé mes deux grandes sœurs, quand j'avais faim je mangeais des merles, il les piégeait dans le jardin. – Il fait si chaud, je me suis battue pour les dernières glaces du supermarché, prenez-en une, je vous l'offre. – Mon frère a arrêté ses études pour devenir bonze, mon père attend que je reprenne le flambeau, je fais du marketing, j'ai un entretien dans une entreprise pharmaceutique, j'espère que je plairai au patron, je ne connais rien du monde.

Plus rarement, elle entend la fierté d'une vie accomplie : des années de labeur, l'argent accumulé, la retraite bien méritée. La béance au milieu des vies, et les yeux fermés.

D'un rejet empreint d'une forme de mépris pour des vies qui étaient si distantes qu'elle ne les appréhendait pas comme vécues ou capables d'être écorchées, car cernées par les contingences matérielles, engluées dans une routine dont la fadeur et la banalité représentent ce qui la paralyse, à cette empathie nouvelle, cet intérêt qu'elle porte aux trajectoires de ceux qu'elle croise et qui l'accueillent, dont elle écoute les monologues précipités ou balisés de longs silences, que s'est-il opéré, où son regard s'est-il déplacé ?

Ces femmes et ces hommes rendus réels – matière et incarnation – par le récit de quelques fragments de leurs vies, par les détours ou la fixité de leurs regards, par les sautes de leurs voix, rejoignent-ils une galerie de portraits aux traits rapidement esquissés qui plus tard seront décomposés, recomposés, exposés, ou retrouvent-ils à ses yeux leur qualité de vivants ? Elle doute de sa capacité à voir chez eux autre chose que des personnages alors qu'elle voudrait que leur altérité soit par essence belle et suffisante. Cette suspicion de son propre égotisme l'incline à se considérer comme une impostrice, une femme fantoche, incapable de sincérité, qui invente même à l'envi les prénoms qu'elle se donne depuis que le sien repose sous l'eau, au creux de la grotte.

Sa difficulté à se définir entretient sa vulnérabilité : femme-qui-quitte, femme-qui-s'attend, femme-qui-rêve, femme-qui-danse-sous-la-montagne, elle ne cesse de se multiplier, de s'étendre, de devenir. Elle ressemble au plateau karstique qu'elle a parcouru, sensible aux infiltrations, creusée, rongée. Toute en porosité.

Il a fallu les augures, bibelots brisés, pétrels & corvidés, il a fallu la baignade et que les dégueulis de rire fassent monter la fièvre, pour que naisse l'arrachée belle. À ce premier départ s'est accrochée une ribambelle d'autres, plus petits, qui se bousculent – des fractions de départs. Elle quitte plusieurs fois par jour, et l'attente aux abords du bruit des villes, des routes, des ronds-points constitue une part importante des journées. L'attente est pleine de poussière et d'asphalte, pleine de rien, de quelques surgissements, de crampes dans les bras levés pouce tendu et de fumées avalées, pleine de l'absence momentanée d'un but autre qu'elle-même. Ce sont des minutes qui ne défilent pas, qui ne pèsent pas grand-chose : la mémoire les confond toutes, elles ont la même durée qui équivaut non à celle de la résignation, mais plutôt à celle d'une acceptation qui accueillerait autant la torpeur que l'expectative d'un départ pourtant différé par chaque sourire contrit et chaque regard fuyant. Depuis qu'elle a abandonné la voiture au péage, l'intermède entre deux points reliés s'étire pour devenir le lieu même qu'elle recherche, cette irrésolution où elle peut s'observer, une latence où l'instant du prochain mouvement devient hypothétique.

La nuit, elle disparaît derrière les talus des fourches où on la dépose, à l'abri des regards, le corps au sol pour décharger les courants du jour. Au plus près des arbres ou dans des bergeries vides, compagne de chauves-souris et de tégénaires, complice de mulots, roulée en boule à l'abri du vent, elle s'accoutume au sommeil aux aguets hors des abris possédés ou alloués, à l'écoute attentive des feuilles qui bruissent, à l'absence de lumières électriques, à la veille raccourcie par l'obscurité et la fatigue, une plongée brusque chaque soir. Elle a délaissé les parkings et la conduite, mais la route défile toujours, une bande noire irrémédiable qui se déroule sous elle, se déploie en elle, qui l'obsède –

Bruit des lignes blanches, répétition répétition répétition, par série de trois, l'écho des glissières de sécurité, musique drone, bourdon,

le conducteur dans son dictaphone parle sa voix est monocorde

énumération, tous les mots écrits lus à voix haute, dictée de marques des voitures d'entreprises sur les remorques d'enseignes de signalétique de plaques d'immatriculation

un enfant à l'arrière un cahier sur les genoux n'écoute pas la voix monocorde qui la berce, n'entend que le bourdon des voitures croisées des lignes blanches des glissières et de la voix une masse de bruit tout est fondu

sur ses genoux, son cahier, crayon de bois gomme mâchouillée entre les lèvres, crayon levé signe d'interrogation, griffe le papier de nouveau, équation à une ou plusieurs inconnues, l'algèbre du collège à l'arrière de la voiture,

devant le père dicte toujours

Elle veut tout retenir elle compose une musique avec la voix et la masse de sons fondus et le bourdon et les mathématiques

Elle est la donnée aléatoire

sur le siège du mort

Elle est seule fixe sur la route, les voitures se matérialisent autour d'elle, les corps et les voix apparaissent en pointillé puis se dissipent, les paysages-éclairs flashent sous le ciel bleu invariable, elle immobile réfute vitesse & mouvement, assise le dos droit les mains jointes sur les cuisses, les yeux sur la bande noire et la ligne blanche, les oreilles vrombissent, elle est le point d'ancrage du monde qui court sous elle et des formes qui se métamorphosent et se déforment pour l'entourer, elle avance sur l'unique route possible, qui englobe toutes les autres, vers le désert qui avalera l'asphalte, là où plus rien ne bougera que les serpents et le ciel autour des aigles.

Le bord d'une nationale, bas-côtés herbeux. Elle marche depuis qu'on l'a déposée à la sortie de l'autoroute, les chaussures en toile trop serrées, le regard fixé sur le bitume luisant de chaleur. Pas d'air excepté le souffle des voitures : une masse chaude qui la fait osciller. La poussière s'accroche à la sueur, visage et cheveux moites, peau brûlante, le tissu colle. Une plaine verte et jaune sans villages ni usines bute sur l'horizon ceint par des montagnes basses. Vus de près, les panneaux publicitaires qui bordent la route paraissent à la fois immenses et déplacés. Leurs messages exprimés en minutes n'atteignent pas ceux qui sont hors de ce temps qui défile à quatre-vingt-dix kilomètres par heure. Supermarché à 20 minutes, prochain rond-point à droite. Hôtel-restaurant deux étoiles, 15 minutes. Produits de la ferme, première à gauche, 5 minutes. Puis, sur le ciel bleu, un chien noir sur fond jaune. Résurgence. *Je n'avais jamais remarqué que le chien du logo Agip avait six pattes.* Elle l'a lu quelque part, du coup ça fait deux chiens Agip et douze pattes, et elle qui ne savait pas que l'entreprise pétrolière existait encore.

Elle se rappelle une autre station, une Total, atteinte à pied elle aussi. Ils étaient deux, très jeunes, il faisait aussi chaud qu'aujourd'hui et c'était déjà étrange d'être piétons dans une station-service. Ils s'étaient dit, c'est Total, ça va être cher et club sandwich sous vide, mais au moins de l'eau et ça sera propre, et ils s'étaient arrêtés par envie d'air conditionné plus que par nécessité. À l'intérieur, ils avaient trouvé un restaurant, un seul couple attablé, des retraités en vacances.

Ils les avaient écoutés, mais le souvenir s'échappe, de quoi parlaient-ils, en anglais peut-être. Une odeur de viande grillée, et des glaces dans une vitrine, ils avaient demandé à la caissière blonde si c'était du surgelé micro-ondes et elle leur avait répondu cuistot, fait maison, sommaire, mais bon, pas du McDo. Ils avaient commandé un hamburger chacun, la fille avait fini sa journée et dit au revoir en partant, le type aux fourneaux était sorti de la cuisine et venu les voir, oui c'était bon ça fait du bien merci, c'était le patron de la station, ils avaient causé un peu.

Elle dépasse la station Agip sans s'arrêter. Goût de fumée et du sang de la chair hachée que les dents écrabouillent un peu plus, magma sucré de pain, graisses acides. Le souvenir de la viande du hamburger lui donne la nausée. La chaleur l'écœure. L'herbe rase et jaunie s'aplatit un peu plus sous ses pieds. Pas d'insectes, écrasés eux aussi – la chaleur et les pare-chocs. Les bords plastifiés de ses chaussures écorchent la peau de ses talons, le sang tache la toile beige. Calcanéum, astragale, muscles, cloques, coton. Elle vacille, la main sur un panonceau jaune rose ou vert (Festival de musiques et danses traditionnelles, 5-6-7 août, Exceptionnel, Réservez vos places à la mairie). Spasme, la douleur aiguë dans le diaphragme et la gorge, la bile âcre. Un poids lourd quitte la station-service, le haut de ses roues lui arrive à la taille, les gaz brûlent les yeux. Elle lance le sac en toile sur le talus, escalade en s'agrippant aux pierres et aux mottes éparses, s'étend sur le dos au sommet. Le ciel est bleu, pas un nuage, l'air poussiéreux est difficile à inspirer. Le visage enroulé dans un foulard, un bras emmêlé dans les bretelles du sac et l'autre replié sur son front, elle s'endort. Bruits de moteurs, pas d'oiseaux. Les mouches se relaient sur son corps humide, leurs pattes fines collent à sa peau, les ventouses minuscules aspirent son sel, elle se concentre pour ne pas frémir ne pas bouger ne pas les chasser. À la commissure des lèvres, le désagréable chatouillis des ailes. Un grognement, un souffle bref, elle se retourne.

Comme le soleil baisse vers l'ouest, la route se tait et la poussière retombe. L'obscurité qui s'installe révèle au loin le halo des néons de la station-service dont l'enseigne dressée en haut d'un mât tente d'attirer les quelques routiers qui ne se sont pas encore arrêtés pour la nuit. Sa sieste s'est prolongée et a dissipé la nausée, le sommeil a ramolli son corps courbaturé par l'inconfort des trajets en voiture et la marche le long de la nationale. Elle a flotté dans un entre-deux où ne lui parvenaient plus le fracas des camions ni le bourdonnement des insectes, indifférente à tout ce qui était étranger à sa fatigue ou à son besoin de sombrer dans une perte de conscience rassérénante. La lueur bordeaux de l'ouest ne semble pas vouloir s'éteindre, le bleu sombre l'emporte sur le noir et le crépuscule se prolonge jusqu'à avaler la nuit que l'on perçoit presque. Quelques étoiles, le petit roi et le gardien d'ours, à peine une lune, la chaleur persiste. Il est l'heure de quitter la friche, de s'enfoncer à travers champs, le poids du sac allégé par le repos et la robe séchée de la sueur diurne, de franchir les clôtures et les haies, au plus loin des routes et des hommes, par les chemins des martres et des chevreuils. Marcher jusqu'à atteindre le cri des engoulevents, la quiétude d'un bois, jusqu'à croiser sur leur seuil partagé le renard et le blaireau, jusqu'à faire taire les moteurs et les voix qui saturent son esprit, pour peut-être alors entendre la sienne dans le silence.

Elle n'empruntera plus les grands axes routiers, ne fera plus de stop que pour traverser les plaines céréalières et les régions industrielles, elle cheminera sur les sentiers. La nuit est courte et le jour la rattrape vite.

5.

Elle marche. Son visage se couvre de taches de rousseur, ses rides naissantes créent des soleils aux rayons pâles autour de ses yeux. Ses cheveux dorent, sa peau se tanne, de la corne se forme sous ses pieds, elle a oublié ses chaussures près d'un lavoir, elle a volé des sandales, les a perdues. Elle sème ses affaires sur le chemin, les offre, les égare, les casse. Le liberty de sa robe a décoloré avec le soleil, les frottements du sac ont gommé les fleurs de ses omoplates. Elle ressemble aux gitanes des livres d'enfants et des cartes postales, que l'on trouve belles en argentique mais que l'on chasse des bancs et des porches. (Stationnement interdit aux nomades.) Quand la chaleur devient trop forte, elle sieste dans les sous-bois ou près des lavoirs. Les montagnes s'élèvent et, de village en village, elle longe les crêtes et les vallées, découvre des chemins creux, des traverses entre les fermes et les hameaux, piste les traits rouges et blancs sur les pierres, les troncs, les poteaux téléphoniques.

Comme la liasse de billets s'épuise doucement, ses repas se constituent de plus en plus de rapines dans les arrière-cours : les restes de festin jetés, les viennoiseries de la veille, les légumes tachés. Rarement, les hosties des chapelles vides, qui emplissent la bouche de leur saveur fade et collent au palais ; plus souvent, les abricots et les pêches des vergers, quelques mûres blanches près des bâtisses en ruine – la pensée des vers à soie, bouillis ou morts-flats. Parfois, elle jeûne et le corps s'allège. Elle se lave au robinet des cimetières, dans des villages anciens. Les façades sont couvertes d'un enduit gris, les enseignes effacées, le blanc de Meudon occulte les vitres des cafés fermés, il y a parfois un ancien garage aux portes murées et aux pompes vides et, sous les tilleuls des places, des voitures des années quatre-vingt attendent leur sortie mensuelle. Tous les cimetières qu'elle visite se ressemblent, on n'y croise personne. Les morts sont anciens, les fleurs artificielles en faïence ou en plastique. Les tombeaux brisés en verre cathédrale sont assortis aux marquises en fer forgé des maisons de notables esseulées à l'entrée des bourgs, et les plaques qui ornent les pierres tombales portent toutes le nom d'une même entreprise locale de pompes funèbres. Cercles en faïence, cœurs de fer-blanc, lettrage italique, quelques coulures de rouille, une poignée de patronymes et toutes leurs combinaisons. Les tombes minuscules d'enfants, de simples croix, un prénom sur l'endroit, un autre sur l'envers, inspirent une tristesse infinie. Les prénoms sont passés de mode, beaucoup de jeunes hommes ont été fauchés par une nation monstrueuse, leurs sœurs chéries dévorées par la fièvre. Une femme sépia emmitouflée dans sa fourrure appuie sa main sur le dossier d'une chaise blanche, un sac élégant suspendu à son bras, elle porte un sourire en coin, lèvres entrouvertes, jolies pommettes, ses cheveux bouclés sont nus, tendresse et gaieté du regard, une ombre à l'allure de coquard cache l'œil gauche, l'épitaphe s'efface. *À ma sœur et marraine que j'aimais, qui a veillé sur moi quand j'étais petit et consolé mes pleurs*, une mauvaise grippe après une guerre, une photographie passée, pas de fleurs. À quelques pas, un bachelier incarne la fierté et l'espoir éteints, le visage a disparu du portrait, pas l'uniforme. Depuis trente ans, personne n'a été enterré là, les descendants sont morts plus près des grandes villes. Tombes de sable grillagées, croix penchées, concessions réputées en l'état d'abandon – ils sont tous éparpillés.

Sur les sentiers balisés, elle croise des randonneurs fluorescents et leurs paires de bâtons, des cyclistes en troupeaux, des touristes. Des charrettes tractées par des ânes gravissent les routes des montagnes du Sud qui gagne en âpreté, à leur bord, des enfants aux grands yeux, des oranges empilées. Près des rivières, sur les plages, dans les vallées secrètes, des hordes de pirates se rassemblent, camions noirs trafiqués, réservoirs d'essence rajoutés, soudures maison, crânes d'animaux et cactus derrière les pare-brise, perles et plumes dans les cheveux, chapeaux hauts de forme et foulards sur le front, les canines saillantes, de grands rires en banderoles. Ils l'accueillent parmi eux et la nourrissent, ils disent que seules les montagnes ne se rencontrent pas, ils content des récits d'ailleurs, saluent les voyageurs, troquent leurs breloques puis dissolvent leurs hordes. Les forêts sont le territoire des filles sauvages aux masques de hiboux. Elles hurlent à la lune, construisent des cabanes en haut des arbres, cueillent les plantes sauvages, se couronnent de lierre et effraient les uniformes. Leurs enfants-louves vivent nues dans de hautes roulottes ornées de fanions colorés et bordées de poulaillers en construction, dans un capharnaüm de chiens de berger, os rongés, feux de camp, porte-bonheur, sauge brûlée, bouquets de fleurs sèches. À l'orée de leurs bois, des solitaires s'endorment, une femme-fantôme virginale et lysergique veille sur eux, des visions étranges les éloignent des hommes, ils travaillent comme saisonniers.

Elle salue les sœurs et les frères, ceux des interstices, qui vivent dans les failles, mais elle ne s'attarde pas et poursuit sa route. La place qu'elle pourrait trouver à leurs côtés se propose comme un refuge, la possibilité d'une tanière qu'elle refuse. Elle doit chercher plus loin, encore. Ses mues se déchirent les unes après les autres et son errance, doucement, se change en une forme de nomadisme. Les intermèdes qui s'étirent entre deux points atteints puis quittés deviennent le temps où elle approche le plus de ce soi possible qu'elle espère. La poursuite devient attente, lente métamorphose qui s'accomplit en suspension. Elle n'est jamais plus immobile que lorsqu'elle marche, réceptacle de l'espace qu'elle modèle par son mouvement, composée des fractales du chemin, mille-feuille pulsatile : sucre de l'air, palpitations de la route, piège de pierre, ondulations de hêtre (danse, serpent !), accélération de morosphinx, froissement de sauge, rhizome de fougère.

Lorsqu'elle découvre l'étang après avoir remonté un filet d'eau dissimulé par des branchages d'où la mousse pendait jusqu'à effleurer la surface, le vert trouble de l'eau l'attire par son immense calme. Un fouillis de bouleaux et d'aulnes glutineux, au pied desquels surgissent des daturas esseulés, borde les rives stagnantes envahies de joncs où nichent des oiseaux invisibles. Elle traverse la queue de l'étang pour éviter les ronciers qui l'entourent, patauge dans la vase jusqu'à parvenir à la rive opposée. Une crue printanière a arraché à la digue de gros blocs de pierre qui reposent sur la rive et disparaissent sous les taches de lichen. Malgré les herbes et les buissons qui le dévorent, on distingue encore le bitume qui recouvre l'ancien gué. L'étang, sans retenue, s'écoule dans le ruisseau en contrebas, mais la chaleur l'assèche et la cascade n'est qu'un filet. Elle l'enjambe puis contourne les barbelés qui barrent la route enherbée et s'éloigne de la rivière. Au-delà de l'étang, le bois s'éclaircit et s'ouvre sur une prairie et, derrière un talus couvert de sphaignes et de fougères, le toit de maisons siamoises apparaît soudain.

Une boîte aux lettres rouillée gît à l'entrée, la porte vermoulue est entrouverte, les fenêtres sont intactes. Personne ne répond à son appel. À chaque étage, une porte perce le mur mitoyen aux deux maisons. Les niveaux ne sont pas alignés, quelques marches bringuebalent à chaque percée, les pièces ont toutes un double – deux cuisines, deux salles de bains, deux caves et deux greniers, l'agencement est illogique. Les meubles ont disparu, il ne reste que des coupures de journaux, des poupées démembrées, pas de casseroles, des bibelots brisés, une malle de cabine, un tableau en canevas poussiéreux, un escarpin, des brochures d'agences de voyages, des cadres sans tableaux, pas de photographies, des canettes de bière et des boîtes de conserve vides. Toujours scellés : une boîte de tapioca Tipiak et un bocal de cerises à l'eau-de-vie.

Le lavabo de la salle de bains a conservé des éclaboussures de dentifrice et des cheveux coincés dans la bonde. Quelques brosses à dents ont été oubliées dans un verre, mais l'on ne sait plus par qui. Face au miroir terni, elle observe son corps. Un cheveu blanc. Le grain de sa peau, comme sur une photo trop nette. Mains derrière la tête, yeux écarquillés, épaules en arrière, muscles des bras, poitrine tendue. L'air d'une folle, mais ça aplatit le ventre et efface les cernes. Elle se trouve belle. Une accumulation de petits défauts, d'indulgence, de nervosité, de tendons, de chair, d'os, de poils, de peau. En mouvement. Elle aimerait qu'un regard la saisisse. Que cette femme qui lui ressemble soit vue, intégrale. Elle pense qu'elle est la seule spectatrice de son corps et que cela la rend plus forte. Aucune émotion n'est liée à cette image, seulement le sentiment d'existence, d'être concrète, d'être corps.

L'eau courante n'a pas été coupée, pourtant elle se lave dans l'étang. Elle ne déplace rien, ne dessine pas d'arabesques dans la poussière des vitres, n'occupe que les pièces vides de l'étage, elle a déroulé sa couverture en laine sur le sol. Le chant des grenouilles, le verre brisé des carreaux, l'odeur de vase et de menthe de l'étang – les nuits sont chaudes, aucun vent ne les agite. Les fougères et les ronces conquièrent les friches alentour, les promeneurs disciplinés rebroussent chemin devant la brisure de la digue sans lire l'arrêté placardé qui les y enjoint. Un couple de milans surveille la prairie, un héron cendré pêche dans les joncs, les sarcelles et les grèbes décollent quand elle s'approche des rives – fracas d'ailes & d'eau, ricochets. Les matins sont silencieux, les passereaux peints sur la faïence de la cuisine ne chantent pas.

Elle passe quelques semaines dans la bâtisse abandonnée. Les jours de marché, elle emprunte des sentiers pierreux pour atteindre le village le plus proche. Elle y flâne entre les étals, goûte les fruits et les olives, écoute les musiciens, accepte les dons des maraîchers et boulangers en fin de matinée. Un sourire au coin des yeux, elle parle peu. Le retour vers l'orée de la forêt ne saurait être que solitaire.

Lors de l'une de ces fins d'après-midi lourdes de chaleur accumulée, alors qu'elle se baigne, les prémices d'une pluie d'orage criblent la surface de l'étang de larges cercles que concurrencent les sauts des poissons. La terre exhale une odeur huileuse d'herbe et de camomille et le souvenir du mot « pétrichor » remonte alors que les gerris s'éparpillent sous les lourdes gouttes qui rebondissent et roulent sur la terre rouge et craquelée des rives. Quand leur rythme de tambour s'accélère, elle court se réfugier à l'intérieur de la maison plongée dans l'obscurité. La nuit et la pluie tombent conjointement, le ciel s'est obscurci sans rougeoyer, elle marche les yeux fermés pour cacher les ombres. Dehors, elle n'a jamais eu peur du noir, mais traverser une maison l'effraie. Ses bras tendus la précèdent d'une pièce à l'autre ; ses foulées sont silencieuses (elle sait les retenir). Les pointes se posent au sol avant les talons, orteils écartés. Son corps connaît la distance qui sépare chaque mur des autres, elle ne compte pas ses pas. À travers le labyrinthe des pièces, elle rejoint la chambre. La pluie martèle les tôles qui comblent les lacunes de la couverture en tuiles, le tonnerre est loin, elle ne verrait pas d'éclairs si elle se penchait à la fenêtre.

La peau tendue sur les clavicules, le doigt suit le tracé des os. Des gouttes d'eau tombent du plafond et glissent sur le sol, en un itinéraire mutant. Des rigoles, des flaques. Quelques traces de moisissures sur les murs, des déchirures pendent du papier peint. Verts, bleus, taches de jaune. Le tapotement furtif de pattes d'insectes, cela court dans les murs. Enfant, elle a écrasé par mégarde un énorme cloporte sur la plage, des milliers de petits s'en étaient détachés et l'avaient entourée. Elle se souvient de sa peur face au grouillement, au soleil de cloportes dont elle était le centre. À cause de leurs carapaces ovales, de cette impression de pierres animées, eux seuls parmi tous les arthropodes la révulsent – une peur primale devant des êtres antédiluviens, inoffensifs dévoreurs de pourriture.

Ses bras se croisent, les mains, sur les épaules, les mains glissent le long des bras. Un geste qui ne réchauffe pas. Sa peau est douce, grain fin, chair de poule, les cals de ses paumes le long des biceps. Le dos contre le sol, parquet, pas d'échardes, pieds sur le mur, talons sur tapisserie, les jambes tendues, le tiraillement des lombaires et les genoux qui piquent. Un anneau noir de vase et de poussière sur chaque pied trace une limite entre plantes et cous. Les chevilles sont fines, la malléole ressort, anguleuse comme des pommettes. Les mains, les mains croisées sur la gorge, serrer à peine pour sentir le pouls.

Des pensées élastiques lui claquent au visage. Elle les étire loin d'elle, saigne du nez quand elles reviennent et la frappent. Elle penche la tête en arrière pour arrêter le sang, sa déglutition est douloureuse. Sa colère est enfouie au plus profond d'elle-même, elle lui a bâti un temple puis l'a détruit, l'a pulvérisé et a enterré la colère sous des ruines que la végétation recouvre. Ses côtes sont des racines dont la lente constriction lui a perforé les poumons et enserré le cœur, la pétrification de leur entrelacs a ralenti son pouls et endigué le flot de ses pensées, des eaux dormantes stagnent en son sein.

Dehors, l'orage a éclaté. La foudre éreinte le ciel, canaux de plasma bleutés qui taraudent les nuages. Cette nuit, il faudra écrire sur les murs. Arracher les lambeaux, dessiner avec les absences et les superpositions. Couvrir les parois de mots, de visions. Hallucinée. À quatre pattes, les genoux lustreront le sol et s'useront. Les cous-de-pied rouges, des frottements.

Graver dans le bois les images et les cris. N'oublier aucune latte. Des nuits et des nuits. Des cris et des visions. Des fièvres. La peau des genoux et des pieds. Les cals des paumes. Des nuits. Chaque latte. Le crissement des insectes. Le rebond des gouttes d'eau. Le jaune et bleu des moisissures. Les ongles cassés. Le long des murs, le corps. – Les battements de cœur, le tonnerre.

Elle s'épuise en dansant, elle extrait de son corps des saccades, elle saute dans tous les sens agite la tête s'aveugle de cheveux. Elle perd l'équilibre trébuche tombe au sol et les secousses continuent elle n'essaie pas de les arrêter, elle se contorsionne autour de son bassin, ralentit, suspend le mouvement, trace dans l'air des spirales avec ses poignets et ses chevilles, gestes délicats, ses bras sont deux cygnes, leur danse nuptiale est si douce et si intime, ils se découvrent et s'enveloppent de caresses, elle s'élève derviche sur la pointe des pieds, les murs tournoient.

La nuit se multiplie, enfante d'autres nuits, les avale et les englobe en son sein. Elle a des vertiges. Les sols et les murs tanguent quand elle s'allonge. Elle sombre. Au matin, lorsqu'elle reprend connaissance, elle est étendue au centre d'une pièce, le corps endolori et courbaturé, les articulations écorchées. L'orage s'est tu, le ciel est dégagé, la pluie a *lavé le visage de son avenir*. Il ne reste rien de ses visions. Les murs et les lattes, qui ont presque déjà oublié sa présence, ne percevront plus d'elle qu'un bruissement d'affaires rassemblées, la rumeur de pas dans l'escalier, le grincement sur ses gonds d'une porte poussée puis laissée entrouverte.

Dès qu'elle quitte la maison, la pénombre de la forêt l'appelle. La végétation dense absorbe les bruits, ses pieds s'enfoncent dans la mousse gorgée d'humidité, à chaque pas elle sent s'infiltrer entre ses orteils l'eau fraîche que le poids de son corps extrait du sol en le pressant comme une éponge. La plante de ses pieds épouse les courbes des pierres et des racines, ses orteils agrippent le tapis végétal, ses talons s'allègent. De la main, elle écarte les branches des arbustes et les lianes qui lui barrent le passage. Elle avance au hasard : aucun chemin ne parcourt la forêt. Un hallier après l'autre, les griffures sur les jambes – des perles de sang qui luisent sans rouler. Sans signes annonciateurs (nulle brise ou rai de lumière), une clairière s'impose au regard, entourée par l'arc massif d'un immeuble : un bâtiment en pierres grises qui forme un cercle ouvert, incomplet, et entoure une place dégagée en terre battue. Ses étages sont nombreux et ses fenêtres régulières composent de longues rangées superposées. Les carreaux de certaines d'entre elles sont opaques et d'autres brisés ; certaines sont ouvertes, la plupart fermées ou cachées par le lierre qui recouvre la façade. Au centre de la place, une femme âgée vêtue d'une longue tunique blanche s'avance vers elle et lui saisit la main avant d'entonner un chant rituel. Depuis les fenêtres ouvertes, des percussions résonnent. Leur rythme lent accompagne le chant de la femme en blanc, mais elle ne peut pas voir les joueurs. Elle lâche la main de la femme pour danser sur la terre nue lorsque le chant gagne en ampleur. De l'extrémité fine et molle des lianes qui percent le sol pour grimper le long des murs de l'immeuble, et de chacune des fenêtres ouvertes d'où s'échappe le son des percussions, naissent des lumières qui grandissent, deviennent lignes qui s'enroulent en tourbillon le long de la façade. La femme en blanc ferme les yeux, sa voix résonne, fait vibrer chaque herbe, chaque pierre, chaque cœur, guide les filaments de lumière du sol jusqu'au ciel où les nuages s'écartent pour les laisser atteindre le soleil. Elle regarde la chanteuse une dernière fois avant de retourner sous les frondaisons. Le couvert de la végétation y absorbe les sons et l'on devine à peine qu'au loin le chant baisse. À l'approche du cœur de la forêt, les arbres s'écartent les uns des autres et la sphaigne humide laisse place à une litière sèche de feuilles mortes percée de touffes jaune pâle de molinie. De larges feuilles d'or tombées au sol dessinent un chemin qui serpente entre les fûts gris et lisses. Si elle se retournait, elle apercevrait dans le ciel les lignes lumineuses enlacer le soleil, mais elle avance sur le chemin de feuilles, et c'est comme si elle marchait sur le dos d'un long serpent doré : des halos de lumière naissent, luisent, puis meurent chaque fois qu'elle pose un pied sur la peau du serpent-feuille qui la guide jusqu'à l'orée d'un nouveau cercle. Cette fois, ses parois ne sont pas celles d'un bâtiment, mais un taillis infranchissable constitué par les ramures entremêlées de milliers de cervidés. Au centre, le sol est constellé de minuscules fleurs rouges où semble reposer la tête du serpent-feuille : de l'or sur du sang et elle, plume, qui se dresse au milieu et inspire profondément, unit ses mains paume contre paume et les dresse vers le ciel, qui pose un pied au creux de son aine et s'étire. – Roseau, tige, triangle, elle oscille. – Regard figé sur une fente qui scintille entre les ramures et par laquelle un être pénètre à l'intérieur du cercle. Bois majestueux, andouillers veloutés, sabots puissants, corps de cerf traversé au garrot par la silhouette translucide d'une jeune femme. Le cerf baisse la tête, la femme tend les bras, dans ses mains repose un enfant. Le cerf ploie une jambe, la femme pose l'enfant par terre et incline le torse, c'est la femme-cerf qui salue et qui offre, la femme-fantôme-de-cerf esprit-de-la-forêt, mère-cerf-père aux mille andouillers. L'enfant rit. La vision vacille puis s'estompe. Elle repose le pied – pointe, talon, légère légère. La forêt disparaît. Le jour se lève. Où est le désert ?

6.

La marche a repris et les arbres ont rétréci dans son dos. Depuis plusieurs lunes, le scorpion a exilé le chasseur sous l'horizon et son étoile rouge l'attire – alors que tous les rivages qu'elle connaît, qu'elle a affectionnés, s'ouvrent sur le ponant, c'est vers les montagnes septentrionales que sa trajectoire tend, comme si s'acheminer ne s'effectuait que face au soleil, que ses pas devaient raccourcir son ombre et la lui cacher.

Les montagnes, devenues omniprésentes, épousent le ciel en courbes et accrocs et si leurs cimes se dérobent parfois au regard, leur présence est toujours palpable. Au crépuscule, lorsque la lumière qui baisse floute les détails du paysage, que leurs masses indigo semblent gagner en transparence et se superposent comme des calques sur le ciel qui pâlit, elle comprend qu'elle ne parviendra plus à concevoir leur absence. Son itinéraire, qui les contourne et épouse leurs formes, serpente entre les vallées ; elle ne gravit pas leurs sommets, par respect pour leur vastitude autant que par absence de nécessité. Plus tard, quand la marche approchera de son terme, qu'elle atteindra un rivage – les montagnes seront là.

Elle chante en cheminant, pour elle-même, des airs sans queue ni tête, des mélodies qu'elle a entendues et qu'elle mélange, des lalala sans paroles. La dissipation des peurs et des croyances a laissé un vide qui offre une place nouvelle aux choses enfouies, longtemps crues oubliées : les poèmes, les phrases, la souplesse des pensées. Parmi elles, la mémoire des plantes émerge, et tout le corps accueille le souvenir-sensation : les mains qui récoltent, l'odorat qui nomme avant la vue, la langue piquée de saveurs puissantes. Elle glane au hasard du chemin, dans la pierraille des prairies ou la fraîcheur des sous-bois, mastique les feuilles de sauge, le thym et l'origan, les feuilles de fenouil aux mille filaments sucrés. Les cornouilles à peine mûres, un orange âcre qui aspire l'eau de la bouche ; la fraîcheur des épines de pin sucées sans y penser ; les sphères violettes des aulx sauvages composées de dizaines de fleurs minuscules au goût prononcé, et leurs bulbes oblongs ; la saveur ferreuse des graines d'orties quand il y a de l'ombre et de la chance ; le suc des fleurs de chèvrefeuille, une seule goutte qu'elle aspire, femme-papillon aux mains qui volettent de buisson en buisson.

La descente vers le sud modifie la végétation – des épines, partout. Les fleurs se hérissent, les feuilles déchirent. Cela a commencé depuis longtemps par les chênes et le tapis de fragon à leurs pieds, puis par la prolifération des chardons, cirses, carlines et panicauts. Désormais, les genêts, la pimprenelle, l'euphorbe et les centaurées portent de longues épines, jusqu'à l'acanthe qui voit rétrécir et se couvrir de piques ses feuilles larges et douces. Pour éviter les déchirures, elle marche dans des arroyos secs que même les scorpions et les serpents qui se cachent à l'ombre des pierres fuient quand le soleil monte. À midi, les oiseaux sont silencieux et seul le cri perçant des rapaces à contre-jour trouble le ciel. Quand la chaleur qui monte de la roche brûle la plante de ses pieds, elle imite les reptiles et somnole sous les oliviers ou les caroubiers dont les cosses encore vertes pendent mollement dans la chaleur, et les cigales lui écorchent les tympans. Quand elle détache de leurs branches les caroubes marron accrochées depuis l'automne passé, elle doit les mâcher longtemps, et le parfum suave qui envahit alors la bouche l'écœure presque.

À chaque filet d'eau qui sourd de la roche, les hommes ont construit pour les animaux qu'ils possèdent un bassin et une margelle ou raccordé de longs tuyaux noirs qui traversent la garrigue et fuient au goutte-à-goutte sur les chemins terreux. Les guêpes et les frelons qui se massent autour de leurs mauvais raccords forment des boulettes de boues parfaitement sphériques, une géométrie merveilleuse qui naît de pattes affairées – les ailes rainurées vrombissent en suspens à quelques millimètres du sol, les dards pointent vers le ciel. Au ras du sol, encore, le *S* de la vipère qui coule d'un rocher en surplomb et glisse entre ses jambes. Mouvements éclair simultanés : ses pieds écartés en un bond et un sifflement d'écailles sur la roche. Une coulée beige, quelques losanges rouges, les battements du cœur affolé.

Souvent, entre le coucher du soleil et la tombée de la nuit, quand la terre et les arbres exhalent l'humidité et les parfums retenus le jour, de longs hurlements jaillissent des collines. Combien sont-ils ? Ce ne sont pas des oiseaux, il fait trop chaud pour les engoulevents, ou bien le bruit des cigales recouvre leurs cris (elle ne voit jamais les cigales sur les troncs des arbres, seulement leurs mues vides et sèches accrochées aux herbes). L'écho rebondit, les hurlements se précisent et se répondent, entrecoupés de jappements – loups gris ou chacals dorés qui chassent enhardis par la chaleur qui retombe, souples et vifs, libres de courir sur les collines la nuit. Elle voudrait glisser la main dans leur fourrure là où elle est la plus douce, derrière les oreilles, à l'encolure, presser contre leurs flancs minces son corps domestique qui s'ensauvage. Elle démêle sa chevelure avec les doigts, en ôte une à une les brindilles et les feuilles, la rince de sa poussière aux sources où elle boit. Avec le temps, ses jambes se sont couvertes d'un duvet qui a blondi au soleil, elle ne sait qu'en penser. Avant, elle l'aurait arraché, n'aurait plus pu avancer. Elle intègre l'idée du duvet, l'oublie.

Les plaines immenses et leurs ruches humaines ont disparu depuis longtemps, et elle ne traverse les villages qu'après le crépuscule. De plus en plus d'entre eux sont abandonnés. Un matin où elle emprunte une route peu fréquentée, elle enjambe un trou dans l'asphalte. La route étroite serpente entre le maquis et la prairie sèche, à flanc de coteau. Elle marche lentement, en regardant les baies d'églantiers des fossés, les élytres bleus des coléoptères écrasés, les ruines rouges en contrebas. Et soudain, ce trou. Il y a déjà eu des nids-de-poule, des tronçons sans bitume au gravier qui crisse sous les pieds, des bas-côtés brouillons (non stabilisés, auraient dit les panneaux). Mais cette fois il s'agit d'un trou, un trou simple, pas très grand, une vingtaine de centimètres tout au plus. Si l'on se penche, il n'y a au fond que le vide, des toiles d'araignées empoussiérées, puis plus rien. Cela forme comme une dépression dans le bitume, les bords autour du cercle s'affaissent, on voit le gravier sous le goudron, et pas de fond. Elle se demande comment il est possible qu'il n'y ait rien sous la route. Vertige. Elle imagine. Des affaissements. Des mondes souterrains grouillants d'une vie larvaire sur le point d'éclore et de racines prêtes à s'étendre, un entrelacs noueux de plantes et d'insectes, retenus loin de la surface par les hommes, leurs dameuses, leurs bulldozers. Des rubans noirs déroulés sur le paysage pour cacher les failles, les fissures, les gouffres – des coutures. Les pas légers sur les rubans, une danse. Et si à chaque pas naissait un trou, que ses pieds laissaient derrière eux un tracé de béances, que derrière elle disparaissaient les routes et se propageait une jungle moussue ? Elle ne se retourne pas

marcher et marcher et marcher une ligne

accélérations arbre arbre arbre

les fleurs empoisonnées parfum opiacé rêves électriques

des lianes s'enroulent autour des poignets s'enroulent se resserrent remontent le long des bras

bracelets qui coulissent en spirales

les lianes aux chevilles, *magnetic fluctuations*

pas d'épines pas d'épines

(ni de cauchemars)

les cuisses enserrées et la taille et les côtes

oscillations oscillations

revenir toujours au corps (entouré enspiralé)

et la danse

danse, danse

ondulations de serpent sous les voiles

les pieds frappent le sol à plat

Princesse animale sauvage, femme fougère

– qui danse et t'hypnotise

derrière elle le monde sombre englouti

d'immenses fleurs cannibales avalent les hommes d'autorité de savoir d'une grande idée

it blossoms under her feet

(une comptine silencieuse

et des explosions de pollen)

elle est pharmacie, poison et remède

elle a jappé la nuit quand la bile noire a suinté hors de son corps, goutte-à-goutte, de longues dégoulinures, elle a craché des larves qui se sont enfoncées dans les failles et les fissures

le sang purgé des humeurs

pulse   un rouge vif

Elle court à présent

La route noire glisse sous la foulée rapide de la mère-du-lierre

qui projette ses dards et griffe et harponne
les arbres mourants alors renaissent
leurs fûts sont cramoisis et leurs feuilles phosphorescentes
La jungle se propage de ses pieds aux fossés aux pentes calcinées et dévastées aux mondes souterrains révélés
d'où s'envolent des nuées de rossignols
qui envahissent la canopée
et le corps est abondance

Elle a marché longtemps, rêvé d'ensevelir le monde sous une nature luxuriante et magnificente puis de disparaître dans l'océan, et l'asphalte a disparu.

Sur les contreforts des montagnes, la sécheresse du maquis et l'exubérance de la végétation ont permuté. Des lianes de salsepareilles aux épines molles ont pendu le long des frênes, des lambeaux couleur cannelle se sont détachés en rouleaux des troncs vert pâle des arbousiers, elle a dévoré les fraises qui pendaient de leurs branches. Dans les vasques des torrents, sa nage a dérangé les têtards cuivrés et chassé les couleuvres à l'affût – des algues au fond de l'eau, une ondulation au-dessus des feuilles mortes, à peine un mouvement. Le rouge du millepertuis écrasé entre les doigts et le rouge poudreux des étamines des lys ont taché les mains, il n'y avait pas de sang.

Puis, un jour, sa lente descente vers le sud s'est achevée, l'horizon a bleui sans limites et elle a foulé le sable.

L'iode l'a frappée de plein fouet et l'air était si doux qu'elle ne s'est même pas remémoré la baignade glaciale d'avant l'échappée. Le sable s'est infiltré entre ses orteils, elle a laissé ses pieds s'ensevelir jusqu'à la couche la plus fraîche, et elle s'est allongée les bras en croix, les cheveux en couronne autour du visage, entre les débris d'algues et les herbes sèches des dunes. Les yeux fermés, elle a écouté le chant de la rive : tonnerre régulier des vagues du large, clapotis d'écume sur la plage, pluie des galets infimes roulés sur le sable par le ressac, aboiement de mouettes. Elle s'est endormie.

Depuis, tous les matins, elle longe la plage jusqu'à un ponton, quelques mètres après une poche d'agaves, là où la mer descend dans une lagune. Quelques léchées d'aurore traînent sur le bleu calme du ciel – l'heure des échasses, des chevaliers et des spatules : longs cris insistants, pattes légères, becquées, algues, vase, vers et crevettes. Les laisses de coquillages divisent la plage en strates. Sur la plus haute, des herbes, quelques coquilles éparses, les fragments tubulaires d'inflorescences brisées, des mottes de sable mou, le creux des traces anciennes. Une barrière étroite de coquillages intacts, jaunes, blancs, roses, striés d'orange ; puis du sable sec plus stable, des empreintes d'oiseaux (pattes minuscules, sautillements) effondrées en haut de la dune. C'est sur cette bande qu'elle marche à l'aller, pour sentir le bord dentelé des coques s'enfoncer sous son talon, le sable crisser entre ses orteils et irriter sa peau fine, la fraîcheur de la nuit encore piégée dans les grains, les épines apportées par le vent qui se piquent dans les talons. Elle est attentive à chaque centimètre carré de peau en contact avec le sol, aux torsions quand le sol se dérobe (ça se tord en courbe, puis ça compense : chevilles, genoux, hanches, lombaires), au bruit de ses pas, au son du sable qui se tasse sous son poids, à ses empreintes mêlées à celle des oiseaux, des renards, des surmulots, des loutres. Après le ponton, la plage rétrécit, l'eau mord la dune plus haut. Parfois, elle avance encore un peu, les chevilles mouillées, les mollets, le froid contracte les muscles, ça dessine une frontière quand elle ressort : la peau claire et sèche en haut, rose et luisante en bas. Au retour, elle marche sur la dernière strate, la plus basse. Celle-ci est séparée des autres par une large bande de coquilles concassées qui croustillent sous les pieds quand elle la traverse. Elle pense à la poussière d'huîtres des parkings, aux reflets du soleil sur la nacre. Ici, les fragments de coquillages ont presque séché, la bande est mate : pas de nacre, mais parfois des couleurs vives sur le blanc. Juste en dessous, le sable est toujours humide, le froid atténue les sensations, elle sent moins les arêtes qui piquent ou massent ses talons, l'eau tend les grains qui supportent mieux son poids, les empreintes sont moins profondes que dans le sable sec, mais elles sont plus nettes. Elle s'efforce de marcher vite, d'être légère, d'effleurer à peine la plage pour moins la marquer. Être matin pied fraîcheur mouvement & soleil & élan.

Plus tard dans la matinée, quand la mer se retire et que le soleil blanc frappe le mica de la plage et les rigoles de la vasière, elle détourne les yeux. La brise tombe, les oiseaux cachés se taisent, les rares bateaux au mouillage sont immobiles. Un midi, elle ramasse un coquillage rose qui se brise entre son pouce et son index quand elle le caresse. Les morceaux sont si légers qu'elle ne sent pas leur poids dans sa paume. Elle pense à la coquille d'un œuf, si fine, et au monde qu'elle contient, un monde jaune & transparent qui s'écoule entre les doigts quand on la brise. Elle lâche les miettes du coquillage – aucun bruit quand elles atteignent le sable.

La première fois qu'elle nage dans la lagune, elle entre dans l'eau salée doucement, à pas prudents qui apprivoisent les galets et mesurent la fraîcheur en centimètres de peau. Les souvenirs affluent avec l'odeur d'iode et d'algues. Il suffit d'une inspiration pour chasser les lacs, les rivières et les torrents, d'une seule vague poisseuse de sel pour que le mouvement de l'océan se réveille à l'intérieur du corps, que le souffle s'élargisse, que les muscles se resserrent et que soit ravivée l'attraction pour les flots et l'immersion. Elle prend l'habitude de nager à chaque marée, et chaque fois elle s'effondre à la sortie, dégoulinante d'eau, heureuse, épuisée par l'océan qui l'essore et la dynamise. Elle court le plus vite possible le long de la plage, folle d'une énergie renouvelée, puis s'endort sur le sable au soleil, malgré l'air frais et la brise.

Les jours ont raccourci jusqu'à ce que leur durée égale presque celle des nuits. À la pleine lune, puis à la nouvelle, lorsque l'eau vive monte si haut sur la plage qu'elle repousse le goémon jusqu'à la première dune et que l'étal de pleine mer s'accorde au coucher du soleil, ses baignades s'empreignent d'une vaste plénitude. C'est l'heure du grand calme, quand tout se tait, que toute chose est à la fois immuable et comme suspendue, en équilibre, dans la perfection d'un instant aussi court qu'éternel. Au milieu du silence, elle nage d'une brasse ample et lente, entre les sons du jour et ceux de la nuit, et pense aux mouvements glissants des ragondins qui savent fendre l'eau des lacs sans perturber le miroir – à peine un sillon. Devant elle, une mouette s'éloigne en tournant la tête d'un côté puis de l'autre pour ne pas être surprise par la nageuse ; l'eau n'est pas même troublée par quelques rides à la surface, rien qu'un mirage d'ondulations lisses qui reflètent le ciel, un kaléidoscope pastel, rose pâle et bleu au-dessus d'un îlot à l'horizon. Un pan de ciel orange perdure là où le soleil a disparu, l'éclat rouge du dernier rayon s'atténue avant la première étoile, puis l'air fraîchit et les oiseaux rentrent vers leurs abris nocturnes. Courlis, canards, mouettes et huîtriers pie, le vol majestueux du couple d'aigrettes. Les suivent, toujours, quelques retardataires esseulés et leurs battements d'ailes dans l'ombre. Elle ne parvient pas à nager les yeux fermés sans retenir sa respiration.

Le soir, le va-et-vient lointain de quelques voitures trouble l'obscurité. Un village illumine l'horizon au pied des collines : éclairs blancs, nuage orange, et les points clignotants des étoiles (bleu, vert, rouge, jaune). Depuis quelque temps, elle ne croise plus personne.

Elle dort sur le sable, au pied d'une jetée. De longues barres strient les blocs de pierre, cela rappelle les marques laissées par la grille sur les gâteaux qui refroidissent à la sortie du four, on lui a dit que c'étaient les traces des bâtons de dynamite qui séparent les pierres de la falaise dans les carrières. Elle a creusé un peu le sable pour le bassin, les épaules et la tête et dort en chien de fusil, mais l'expression lui déplaît : elle a l'impression quand elle la prononce que la plus légère des pressions sur ses tempes pendant son sommeil amorcerait une détonation. BAM ! et son corps en pièces. Elle se dit que pour ses genoux contre son torse, la nuit, les mots fœtal-fusil-momie évoquent un tirage de mauvais arcanes, mais elle n'arrive pas à s'endormir sur le dos. Quand elle ferme les yeux, les moutons sautent des haies, des mites s'envolent des aubépines qu'ils broutent, sur une planète lointaine une brebis solitaire bêle son agneau disparu dans un hallier, un loup lèche ses mains tachées par le jus des mûres, il n'a pas mangé l'agneau, il a joué à saute-mouton et s'est perdu dans une toison de laine, sa fourrure sent le suint, son poil est luisant de lanoline, elle y enfouit le visage et inspire son odeur animale, il hurle sous la lune et le sommeil la fuit.

Alors, dans la pénombre, elle suit la côte et atteint une frontière – deux falaises, deux chiens de faïence, deux murs tapissés d'hirondelles. La houle les frappe et les sépare, les vents et courants marins qui s'engouffrent dans le corridor rugissent. Le plateau rocheux qui surplombe son côté du détroit est constellé de miradors désertés. Les barbelés rouillent, le sol sec conserve le souvenir des anciennes ornières et des coulées de boue. À son passage, une odeur camphrée, poivrée, résineuse, émane de la myriade de cistes, de sauges, de fenouils sauvages et de genévriers qui poussent entre les pierres et les baraquements abandonnés. Au sommet de la falaise d'en face, elle distingue le corps d'une forêt calcinée. Des silhouettes y sont perchées sur les branches des squelettes d'arbres, par centaines. Chaque rameau ploie sous une ombre massive et immobile. On perçoit le froissement des ailes et le claquement des becs – des journaux que l'on froisse et des bâtons frappés. À l'approche de l'aurore, les becs claquent plus vite, les ombres s'ébrouent, une rumeur agite la forêt : les nuages se dissipent, le vent se tait, l'heure vient. Les hommes-cigognes descendent des arbres et déplient leurs ailes face au gouffre. Peaux noires, plumes blanches, becs d'argile. À chaque changement de saison, ils sont un millier à tenter la traversée du corridor. Un grand nombre d'entre eux chutent et se noient. Elle aurait voulu partir avant qu'ils s'envolent, avant le poids de leurs ombres et leur tournoiement dans le vide, avant, oh, juste avant les ailes de papier mâché qui se décrochent et qui, plus légères que les corps, ne les précèdent pas dans leur chute mais les recouvrent en linceuls disloqués. Mais, déjà, l'eau est teintée de rouge par les attaches mal fixées et les bourrasques imprévisibles, par l'argile des becs et l'enduit des peaux peintes, par le courant en contrebas qui broie les corps contre les roches. Inutiles, pour les hommes-aux-becs-qui-claquent, pour les hommes-oiseaux qui perdent leurs ailes, sont les miradors, les barbelés ou les fusils-mitrailleurs. Inutiles, les rets et la surveillance, quand il y a un détroit, des bourrasques, des courants. Les hommes en uniforme ont déplacé leur attention et leurs casemates le long des routes de l'est, loin des mers et des falaises ; elle, au crépuscule, pleure la noyade des cigognes.

Au matin, malgré le sang nocturne et le sel du deuil, le soleil se lève sur la lagune et les gravelots à collier coursent les vagues. – Nul bris d'argile, nul corps sur le sable n'attestent sa nuit : les rêves, les souvenirs et les visions tendent toujours à se confondre. Du passé, elle ne distingue que sa propre silhouette qui avance dans une brume d'images et de mots qu'elle ne sait pas trier, dont elle ne saurait définir avec précision la nature ou la réalité, et qui se confondent avec elle. La femme qu'elle voulait rejoindre a disparu dans le miroir de la maison abandonnée au bord du gué, il ne lui reste plus qu'elle-même et ces images qui lui tourbillonnent autour, affranchies des fièvres et des peurs qu'elles recelaient par ses mains usées sur les lattes et les murs, par les danses et les cris gravés. Elle a conduit, dansé, marché, rejoint l'océan. Il lui faudrait aller plus loin, marcher à en oublier ses pieds, à en transformer ses jambes en tiges de bois sèches et noueuses, à en affiner son ombre ; il lui faudrait nager encore, dans une eau froide, vers le large, dépasser l'écume mousseuse et la barre des vagues, se déchirer les bras et le cœur dans l'océan, nager jusqu'aux limites du monde et aux gueules sanglantes des monstres marins qui les gardent ; il lui faudrait un effort lent et soutenu pendant plusieurs années, un effort qui anéantirait les sensations sur sa peau, qui transformerait les caresses du vent en coupures et petites douleurs ; pour enfin comprendre, puis pardonner, puis oublier les mues qu'elle a laissées derrière elle. Elle n'est pas certaine qu'un tel processus fonctionnerait, ni même si c'est le but qu'elle poursuit. Le pardon l'effraie peut-être plus que l'oubli : il est à la fois le creux qui la ronge et le poids qui lui pèse. Au pied de la jetée, dos au soleil et aux flous de la nuit, elle s'étire et chasse l'ankylose.

Au-delà de la plage qu'elle parcourt quotidiennement, des dunes fossilisées qui achèvent la lagune forment un dédale dont l'échelle échappe à l'esprit – infimes plissements terrestres où le sable creusé par le vent au pied d'une pierre plate devient canyon quand cette pierre est mesa, immenses reproductions des ondulations dessinées sur une plage par des doigts qu'on laisse courir, déferlantes immobiles aux crêtes brisées en un fouillis d'arméries, de lys et d'immortelles, mouvement imperceptible de fractales figées. Puis le sable fonce et s'affine, et les douces courbes des roches rouges de grès érodé se transforment en imposantes falaises noires et mates de schiste et grauwacke. Parce que l'océan enfle et avale la plage, elle grimpe à leur sommet, par un escalier de bois brûlé accroché dans une faille. Le cordage élimé d'une main courante pend contre les parois, bleu passé sur noir, le feuilletage fragile de la roche mille fois pliée se révèle dans les fractures et s'effrite sous les doigts.

D'en haut, elle a l'impression de voir la terre depuis l'espace. Sur le bleu que l'on dirait immobile, les points blancs des goélands dansent et il faut plisser les yeux pour les apercevoir dans le soleil. Un cormoran fuse parfois au ras de l'eau, une ronde de risées plisse la surface en rides argentées, acier et pétrole. La lente pulsation des vagues qui se fracassent en coups de tonnerre sur les aiguilles et récifs empêche de penser avec clarté. Elle songe à exploser, éclabousser, déborder, se taire. Elle s'abîme dans la contemplation du ponant, une vision de paix et de bonheur qui accorde intérieur et extérieur, qui estompe sa frontière : l'iode léger, le vent à peine, être soudaine mélancolie, s'abattre en écume, se retirer et emporter algues sables galets, enfler encore – s'abattre, encore.

Si elle se penche au-dessus du vide, elle distingue la forme grise d'un dauphin qui gît au pied de la falaise sur un plateau strié que chaque reflux révèle. Les goélands et les crabes verts se nourrissent de ses chairs ouvertes et l'eau qui monte le recouvrira ; il roulera dans les vagues sans qu'elle l'ait rejoint ou que ses pieds aient foulé, seuls, les veines de quartz qui l'entourent, jonchées de vélelles translucides, grand-voiles de polypes bleutés échouées dans une pellicule d'écume.

Pour offrir en échange à l'océan un corps en vie, elle pourrait plonger : avant d'atteindre la surface, elle penserait à la température de l'eau et à la légèreté de son corps dans le vide. Elle se laisserait couler au fond, les genoux repliés contre la poitrine. Son sang se chargerait de sel et de plancton, des bulles s'échapperaient en guirlandes de ses lèvres, ses cheveux ondoieraient doucement autour d'elle en une auréole sombre qui viendrait masquer ses yeux écarquillés sur un monde vert et bleu, nébuleux, impalpable. Le poids sur ses poumons, estompé par la grotte, disparu depuis la forêt, ne l'étoufferait pas ; des colonnes d'air émaneraient des profondeurs, mais elle ne les avalerait pas. Elle s'accrocherait aux socles pierreux des piliers d'algues visqueux pour ramper dans le sable noir, les crabes la fuiraient en diagonale – dédale de gueules de mérous et dents qui claquent dans le vide, épaves métalliques rongées, éclairs argentés de dorades dans les rayons de soleil qui percent les eaux. Sur le sol chargé de sédiments qui s'effondre et glisse vers le gouffre, elle progresserait à l'aide des mains sur la dernière pente du continent, jusqu'à la limite entre ombre et lumière – pas de chaleur, pas de fond, une faille, le froid qui glace les os. Dans cette coulée vers l'abysse, certains souvenirs s'égareraient, une pensée serait allouée aux profondeurs que le corps affronte. À chaque nouvel horizon pélagique franchi, de minuscules poissons s'envoleraient sur son passage vers l'eau cristalline de la surface. Bientôt, ses yeux ne pourraient plus s'accoutumer à l'obscurité, la peau percevrait la densité de l'eau, puis les sens s'engourdiraient, les perceptions réduites au minimum : vibrations, lueurs bioluminescentes, ombres immenses et fuyantes, comme des chants. Elle coulerait encore, vers les plaines abyssales où un cercle de jeunes femmes enchaînées par les chevilles chante sans bruit. Comme les siens, leurs cheveux bruns flottent autour de leurs visages paisibles. Elle sait qu'elle les atteindrait, que sa lente descente dans les tréfonds la mènerait à elles. Elle les connaît : elle les a abandonnées une à une. Avant l'arrachée belle, elle voulait leur déchirer le ventre, leurs yeux fonçaient le tain des miroirs qu'elle croisait (des filaments noirs dans les iris), leurs bouches sensuelles murmuraient leurs attachements et leurs désirs, leur peur de disparaître, lui rappelant sans cesse qu'elle ne parvenait pas à être. Les ciseaux qui auraient pu couper les membranes qui la reliaient à ces femmes demeuraient introuvables. Sous l'immense masse d'eau qui ne les écrase pas, elles l'observeraient de leurs pupilles dilatées sans l'accabler, sans la supplier. Elle les approcherait tour à tour, leur sourirait. Avec délicatesse, ses mains fines palperaient leurs joues, leurs arcades, leurs lèvres douces, leurs fronts lisses, croiseraient les doigts autour des leurs.

L'océan fondu par la nuit avec les murailles rocheuses se fracasse, encore et encore – elle ne plongera pas.

Depuis la falaise noire, elle enlace les jeunes femmes et embrasse leurs paupières pâles et froides, puis rompt les chaînes rouillées qui les retiennent prisonnières de l'abysse. Silencieuses, elles la regardent, les bras baissés en une position d'offrande ou de louange, paumes vers le ciel, les mains tendues pour former une ronde dont elle se retire. Puisque rien, désormais, n'a besoin d'être pardonné, car elle les reconnaît et les délivre, elles s'éloignent à l'unisson vers la surface, sans un dernier regard, et disparaissent – calmes & déliées.

Au sommet du promontoire, elle s'affranchit de sa peau et de ses muscles ; ses os blanchissent au soleil dans un désert, ses veines sont des océans balayés par les tempêtes.

Sa peau est une barrière de corail et son cœur une île au centre d'un lagon. Assise en lotus sur le sable fin de ce cœur-atoll, elle contemple les bateaux qui s'élancent sur ses mers intérieures à chaque pulsation de son cœur. Leurs voiles fusent sur son sang-océan. Ils voguent sur les vagues de son pouls et parcourent ses membres à pleine vitesse. De l'écume jaillit sous leur proue, leurs poupes tracent dans leur sillage les rayons d'une roue dont elle est le moyeu. Les voûtes de ses jambes et de ses bras se courbent au-dessus de ses mers, ses doigts et orteils sont des horizons qui avalent les voiles et les recrachent dans l'espace où elle flotte. Un bourdon vole autour de ses pensées, ses cils sont des fougères. Couverte de cellules qui frémissent comme des fleurs, elle s'égrène. Sa bouche-sablier invente le temps et l'accorde au mouvement des étoiles. Ses yeux sont la roue d'un paon, elle salue le vent de ses plumes. Chaque nuit recouvre son désert de filaments empoissés ; chaque matin, une tempête de spores lumineuses la délivre de la poix.

Lorsqu'elle s'éveille, face à l'océan lumineux, elle retrouve le nom oublié sous la montagne, et tous les fragments s'assemblent. Elle est.

RÉFÉRENCE DES CITATIONS

Animale Machine, Eleni Sikelianos, traduit de l'anglais (États-Unis) par Claro, Actes Sud, 2017.

Vers le phare, Virginia Woolf, traduit de l'anglais par Françoise Pellan, Folio classique, 1996.

Chômage monstre, Antoine Mouton, La Contre Allée, 2017.

Sombre aux abords, Julien d'Abrigeon, Quidam éditeur, 2016.

"Agir je viens", *L'Espace du dedans*, Henri Michaux, Gallimard, coll. "Poésies", 1998.

OUVRAGE RÉALISÉ
PAR L'ATELIER GRAPHIQUE ACTES SUD
REPRODUIT ET ACHEVÉ D'IMPRIMER
EN JUILLET 2022
PAR NORMANDIE ROTO IMPRESSION S.A.S.
À LONRAI
POUR LE COMPTE DES ÉDITIONS
ACTES SUD
LE MÉJAN
PLACE NINA-BERBEROVA
13200 ARLES

DÉPÔT LÉGAL
1re ÉDITION : AOÛT 2022
N° impr. : 2202631
(Imprimé en France)